쓰는 게
뭐라고

쓰는 게
뭐라고

좋은땅

차 례

008 시작하는 글

010 글 쓰기의 행복

013 82년생 김지영을 다 읽지는 못했지만

015 가만히 들여다보면 보이는 것들이 있다

017 건방을 떨고 있다

019 기다릴 수 있는 쪽이 설렌다

021 울면 안 돼

023 나무야 나무야

024 이래서 사람들이 TV를 보는구나

026 주려고 해도 받지를 못하니

028 교정된 내용이 없습니다

032 낼모레 마흔입니다만

034 글 써서 먹고살 수 있겠다는 확신이 들었다

036 글빨이 뭔가요

038 글을 쓰다가 막히면

040 사람을 사랑한다

047 나의 예쁜 발

051 인간의 장르

055 나의 행복은 구체적으로 어디에서 오는가

060 나이 듦에 대하여

063 남편과 나는 신나는 재즈 타임

066 삶과 직업을 딱 정하고 살아야 되는 건 아니더라고

069 글을 쓰는 이유

075 낼모레 마흔, 쓰고 싶어서 쓴다

077 노르웨이의 숲

079 스물아홉이면 성공했을 줄 알았다

081 누구의 인생이나 극적이다

083 꽃길만 걸어요

085 두통

087 리추얼

091 맨날 똑같은 얘기 하는 이유

092 머리를 쥐어 패고 싶다

095 명언이다

096 모든 순간이 소중하기에

100 오늘 그리고 지금, 내가 좋아하는 것 생각나는 대로(2019년 5월)

105 벚꽃이 피면 그리워한다

111 사노 요코에게 보내는 사심 1,000% 팬레터

114 삶의 무게

116 새야 새야 멀리 멀리 날아라

119 개인이 철저히 '개인적일' 수밖에 없는 이유

120 싸구려 커피

123 쓰는 게 뭐라고

127 쓰다 보면 읽고 싶고, 읽다 보면 쓰고 싶다

129 아, 하고 싶다

134 아빠 제사 대신 아빠를 위한 시를 썼다

137 앉아서 쓰다 보니

139 어머나, 한글을 한글답게 읽는 여자가 나타났어

142 어쩌면

143 얼굴은 예쁘다고 쳐 줄게요

145 엄마가 되면 그저 엄마일 뿐이다

149 엉망진창이지만 괜찮습니다

150 왕따 '당한' 이들을 위하여 씁니다

155 요즘 글을 쓰면서 신경 쓰는 것

157 신상 취미

159 우리가 바라고 원하는 친구

162 원래 이상하다는 말은 '우와, 멋지다'와 동의어일지도 몰라

166 위대한 발견

168 유언

170 읽고 교정하는 일을 계속 하다 보면

171 저는 지금 말을 배우고 있습니다

172 정말 신기하다

174 책 먹는 여우는 그 후로 그 후로 어떻게 살았을까

178 제대로 열 받아야 성장한다

181 지방시보다 지방색이 더 아름다워

184 책을 쓴다고 했다

186 이게 나한테 최선이야

187 평생 먹어 온 야식을 끊는 것에 대한 주절주절

191 인생에 기회가 세 번 온대

193 하고 싶은 일을 위해서 생활 습관을 '리모델링' 했다

196 한글은 정말 아름답다

199 엄마 책

201 마무리하는 글

204 이 글을 쓰며 읽은 책들

시작하는 글

우리는 왜, '숨어서' 쓸까?

우주 유일 고전 평론가 고미숙 선생님 말씀처럼, 쓴다는 것은 본능일지도 모른다. 솔직히 '본능' 하면, 에로스 먼저 떠오른다. 뭐, 나도 범인(凡人)이다. 그래서(?) 예술 작품 중 다수가 그렇게 내용이 '으흐흐 그런(!)'지도 모른다.

쓴다는 것은 본능적으로, 숨겨져 있는 나의 '깊은 것'을 건드리는 작업이다 (물론 안 건드릴 수도 있다. 그냥 들어가다 말 수도). 먹고 마시고 관계하는 것은 당연하게 생각하면서 쓰는 것은 그렇지 못한 것이 현실이다.

오늘 내가 쓴 글이 내일 읽어서 부끄럽지 않은 적이 없었다. 숨어서 쓰고, 숨어서 다시 읽고 버리면서 바보같이 눈물이 나기도 했다. 나는 도대체, 뭘 써 왔는가. 왜 썼으며 앞으로 뭘 쓸 수 있을까.

대놓고 글을 쓸 수 있는 내가 되기 위해 나는 '쓰고 읽고 고치기'에 최선을 다했다. 한 줄이라도, 누군가의 마음에 가서 닿을 수 있는 그 어느 날이 오지 않을까. 버릴 때 버리고 고칠 때는 고치더라도, 일단은 '나오는 대로 쓰면서' 살고 싶다. 그게 나의 숨겨진 욕망이라는 것을 솔직하게 인정하기로 한다.

이 책은 '그러면서 너 왜 쓰고 있니?' 하는, 찌질한 모습, 글을 쓰면서 머리를 쥐어뜯는 장면만 담겨 있다. 나 같이 숨어서 글을 쓰는 사람은 같이 울면

쓰는 게 뭐라고

서 '다큐멘터리'로 읽을 것이다. 그렇지 않은 사람에게는 '개그 콘서트'의 지나가는 한 장면으로 보일지도 모른다.

두렵다. 타인에게 나의 글을 보여 주는 것, 그리고 평가받는 것. 그 덜덜거리는 우스운 장면만 편집해서 한 책에 옮기는 어리석음. 오케이, 두려움에 면상을 딱 갖다 댄다. 직접 맞서는 것이야말로 가장 완벽한 방어이자 공격이다.

쓰고 싶은 사람이 '눈치보지 않고 쓸 수 있는 세상'이 되길. AI가 세계를 정복해도 우리는 글을 쓸 수 있는 것만으로 위로받는 때가 올지도 모른다. 외계인의 세계 정복의 꿈이 이루어지는 그날, 사람들이 사과나무를 심는다고 삽질을 한다 해도, 나는 '오늘 쓸 수 있는, 나의 글'을 쓰기로 했다.
어디선가 숨어서 글을 쓰고, 숨어서 다시 읽으며 머리를 쥐어뜯은- 이름 모를, 나의 아름다운 동지들에게 이 부끄럽고 부족한 글을 나누고자 한다.

"계속 자리에 앉아 있을 것이냐, 춤을 출 것이냐.
선택의 갈림길에 서면, 나는 네가 춤을 추었으면 좋겠어."
                                        - 리 안 워맥Lee Ann Womack 노랫말 중에서

저는 맨발로 리듬을 타기 시작했어요. 함께 하시렵니까?

글 쓰기의 행복

"써야 하는 사람은 써야 한다."

– 장강명

내가 이거 내 노트에 써 놨었는데. 토씨 하나까지 똑같은데, 이분이 사람들한테 먼저 얘기했고 유명한 고로 일단 이분이 한 말로 치자. 억울하지 않다. 그게 인생이다. 해 아래 새것은 없고(전도서 1:9), 난 이분 말씀하시는 음성과 눈빛이 참 좋다. 나 같은 일반인은 한 말과 쓴 글도 돌아서면 잊어버린다. 장강명 님은 그러지 않는 분, 아마도.

쓴다는 것 자체는 행복하다. 그 글이 쓰레기라는 생각이 들기 전까지는. 예전에는 뭔가 대단한 것을 쓰는 사람이 될 것으로 생각하던 때도 있었지만 지금은 아니라는 걸 안다. 김연아도 있고, 아사다 마오도 있다. 나는 그 둘 중에 아무것도 될 수 없다. 그냥 아닌 건 아니다. 그렇지만 확신하는 건, 써야 하는 사람은 써야 하는데 그 무리에 나도 포함된 듯? 이 정도.

글자를 쓸 줄 알았던(언제였는지 기억이 나질 않지만) 시절부터 지금까지 열심히 쓰고, 가끔은 대충 쓰고, 가아끔은 안 쓰고, 그렇게 몇 줄 끄적이고 끼

적이다 쓰레기통에 버려진 수많은 노트들에게 묵념하는 마음을 가진 사람이다, 나는. 글 쓰느라 버린 노트와 우리 딸이 그림 그린다고 낭비한 종이 분량을 합치면 우리는 묵념 정도는 해야 한다. 나무야 미안하다. 그런데 이렇게 쓰다가'만' 끝날 수는 없잖아.

알람 울리는 새벽, 나는 오늘 해야 하는 영어, 중국어 공부가 행복해서 일어나지지는 않는다. 캐나다라는 생각도 못한 나라에 남편에게 끌려와(?) 살아야 하니 조금 했던 중국어와 생존을 위한 영어를 해야 한다는 강박감이 나를 괴롭힐 뿐. 사실 영어는 가만히 잘 있다. 나 혼자 머리를 쥐어뜯을 뿐. 공부는 하지도 않으면서 '아, 영어 공부해야 하는데!' 하는 그런 거 있잖아. 너도 해 봐서 알잖아. 저는 지금 캐나다에 있다고요.

눈을 뜨고 커피와 차를 가지고 와서 자리에 앉으면 나는 읽고 싶은 책을 좀 읽거나 영상을 몇 개 보고 글을 쓰련다, 이 생각을 하고 일어난다. 에미에게 앉아서 쓰는 시간을 확보한다는 건, 그리고 그것이 본업이 아닌 와중에 (에미란, 본업이 있거나 없거나 시간을 확보하는 것 자체가 눈치 보이는 자리) 나 자신과 싸워서 잠을 줄이고 그것을 택한다는 건 참 쉽지 않다.

그럼에도 불구하고 써야 하는 사람은 써야 한다.
이제 글 쓰기의 행복과 '나 자신과의 사투'를 피하지 않고 선택하기로 했다. 써 놓고 기억나지 않는 그런 글이지만, 그래도 쓰기로. 이제는 버리지 않겠다고. 물론 내 책을 남이 사서 버리는 것에 대해서는 불만이 없다. 제발 그렇게 해 주세요. 급하면 화장실에서도 쓸 수 있답니다.

어릴 때는 말도 안 되는 소설(원래 소설이 그렇지)을 쓸 때가 있었다. 말 못할 내용들을 글로 쓰는 '배설 욕구'를 위해 '갈길 때'도 있었다. 아이 성장 일기, 편지 등 모두 통틀어 '글'이라고 칭한다면 나는 쉬지 않고 써 왔다. 그럼 그게 누구를 위해서 썼냐. 결국 나를 위해서. 그것은 진실. 나를 위해서 어디에 시간을 가장 많이 투자했냐고 묻는다면 '읽고 쓰는 데'라고 하겠다. 돈 안 받고, 아니 내 돈을 쓰면서도 평생 그렇게 할 수 있었던 이유는 내가 그 짓을 사랑했기 때문이었다. 하나 더 추가한다면 '음악과 사람들 이야기 듣는 데' 시간을 할애했고. 돌이켜보면 참 심플하다. 돌고 돌아, 심플. 아니, '글로 써 보면 간단하다.'고 말해야 맞을지도.

아이 깨워 학교 보낼 시간이 벌써 10분이 지났다. 어떻게 마무리를 하고 일어나야 할지 모르겠다. 글은 시작과 끝이 중요하다는데. 나는 '에라 모르겠다~' 하고 시작해서 '엉망진창'으로 끝난다.

어쨌든, 글 쓰는 것은 행복하다. 힘들지만 쓰는 황홀함은 읽는 즐거움만큼이나 자주 나를 붙들어 놓는다. 나의 첫사랑이자 끝사랑. 보고 있어도 보고 싶은 그리움. 점점 진해진다. 술이고 커피고 마시다 보면 점점 진한 걸 찾는 것처럼. 요즘, 늘 '쓰고 싶은 마음'이 나서 자꾸만 끄적거리고 있다.

이 녀석 아무래도 어쩔 수 없군, 나를 데려가려무나. 못 이긴 척 결혼해야 할 것 같다.

82년생 김지영을 다 읽지는 못했지만

열심히 이도 저도 아닌 글들을 쓰며 새벽을 불태우던 어느 날, 서점 베스트셀러 코너에서 《82년생 김지영》을 만났다. 어머나, 요즘 내가 쓰는 글이랑 내용이 너무나 비슷한걸?

나에게는 없는 우아함이 소설가들에게 있다. 《미실》 읽을 때도 느꼈다. 소설가들이란, 그렇게 대단한 단어들이 마구 들어가는데도 잘도 이야기를 굴리며 나아간다. 나는 죽었다 깨도 그렇게 아름답게 쓰지 못한다. 소설과 자꾸만 멀어져 간다.

집으로 돌아와 가차없이 공들여 쓴 노트를 쓰레기통에 처박았다. 김치를 팍팍 넣고 김치 라면을 끓여 먹었다. 내 마음 해장용. 내일은 피똥을 쌀 것이다.

음식이란 정말 희한하다. 입이 먹고 내장이 감당하는 것인데 왜 뇌가 흐뭇해하는가.

그리고 못내 잊었다, 안녕. 그동안 즐거웠어. 그렇게 또 글 하나를 보내 드렸다.

나랑 같은 해에 태어났구나, 김지영. 그저 어이쿠 하며 내가 쓴 글 따위는 까맣게 잊었다. 그리고 김지영의 내용들도 잊었다. 제목과 '맘충'이라는 단어만 생각난다. 작가님 이해하세요. 저는 그런 사람이에요. 소설은 훌륭했답니다.

옆집 진이가 물어봤다. 언니 그 책 다 읽었어요? 응응. 그런데 잘 기억이 안나. 아무래도 공유가 나온 영화로 봐야 할까 봐. 호호호. 그나저나, 내가 쓴 소설의 주인공 이름은 뭐였더라? 이 정도면 치매 수준이라고 내 뇌와 미래를 걱정한다.

이제는 소설 같은 거(소설을 폄하함이 아니라 내 마음이 딱 이런 단어를 쓰고 싶다) 쓰지 마. 쓰지 마. 내 수준을 정확히 깨달았다. 그냥 쓰고 싶은 글을 쓰되, 좌절은 적당히,만 하기로. 그런데 그놈의 좌절과 실망은 내가 글을 쓰는 이상 날마다 안 할 수가 없는걸.

지금 생각해 보니, 강의를 마치고 '어쭈, 좀 했는데?' 한 적은 있어도 글을 쓰고 '정말 마음에 드는군.' 한 적은 없다.

왜 그런지는 나도 모르겠다. 아는 날이 오기는 올까? 아, 최근 발견한 내 평생의 욕망이다. 나는 정말이지 '글로 수다를 떨고' 싶다. 그래서 그냥 쓰기로 했다. 끝.

가만히 들여다보면 보이는 것들이 있다

꽃을 보러 갔다. 몸은 곤했지만, 아이가 있으면 나가야 한다. 꽃님이 '피어
주시면' 봐 드리기도 해야 하고.

한동안 연이은 몸살로 목소리가 많이 날아갔다. 완전히 쇳소리. 이전 목소
리가 다시는 돌아오지 않을 것 같은. 과로를 하면 몸살이 와서 잔인하게 목
소리만 앗아갔다. 인어공주가 된 기분. 애랑 뛰고 있는 쟤는 왕자인가요.

며칠 뒤에는 강의가 있었다. 목소리가 아주 나오질 않는다. 머리가 멍해졌
다. 그렇게 좋아하는 꽃도 눈에 들어오지 않았다. 남편과 아이는 목청을 다해
뛰놀고 있다. 쟤들은 나 빼고 득음할 기세.

가만히 건물 벽을 보고 있는데, 담쟁이 덩굴 비슷한 것이 눈에 들어왔다. 잡초들 사이로 벽을 타고 오르는 이 식물을 보고 나는 감동했다. 아무도 봐 주지 않을 텐데. 이 아름다운 꽃들 사이로 너라는 존재도 있었구나. 벽을 타고 살 길을 찾고 있는 생명이 위대하게 느껴졌다. 그 앞에 서서 한참을 들여 다본다. 꽃을 보러 간 날, 내 눈은 담쟁이 줄기만 연신 따라다녔다.

목소리가 완전히 돌아오지 않았지만 강의를 잘 마치고 돌아왔다. 소그룹 강의다. 일단 주제를 준다. 팀을 둘로 나누고 싸움(?)을 붙인다. 나는 질문과 정리만 한다. 강의 참석자들이 95% 말하고, 나는 5% 말했다. 그런데 강의 끝 나면 사람들이 나보고 말을 참 잘한단다. 말은 여러분이 다 하신 것 같은데 요. 호호호. 서로에게 남는 장사다. 서로 잘했습니다, 박수. 강의 내내 나는 벽을 타고 오르는 이 친구가 생각이 난다.

나는 원래 아싸(아웃사이더)에게 끌린다. 꽃이 주인공인 것은 좋습니다만. 굳이 내가 어디 속하냐고 묻는다면, 일단 꽃은 아니다. 그럼 난 뭐지? 잡초도 사람들이 뽑기 전까지는 자기가 잡초인지 모르고 자신을 뽐낸다.

할 수 있다면, 담쟁이덩굴이 타고 오를 수 있는 '벽'이 되어 주고 싶다고. 혼 잣말로 "벽…" 하고 중얼거렸다. 이럴 때 옆에 사람이 있으면 곤란하다.

쓰는 게 뭐라고

건방을 떨고 있다

사진을 들여다봐도, 하늘을 올려다봐도, 책을 읽어도, 흙을 만져도 아이를 안아도. 모든 것이 글감이 되어 나에게 온다. 자유다.

어떤 일을 하고 무엇을 하며 살더라도, 계속 쓰면서는 살 수 있다는 확신이 나에게는 자유가 되어 안겨왔다. 그냥 쓰는 것과, 쓸 수 있다는 것과 잘 쓰는 것은 별개입니다만. 일단 그렇다고요. 우리 지수는 쓰는 게 싫다고 말했어요.

그런데, 책은 꼭 페이지를 꽉꽉 눌러 담아야만 만들어지나요? 다독에는 어느 정도 자신 있는 나지만, 같은 말을 앵무새처럼 반복하는 글쓴이에게는 화가 난다.

요즘은 많이 쓰고 많이 읽으니 두통이 와서 책의 만듦새가 떨어지면 딱 읽기가 싫어진다. 읽는 능력이 떨어진 것인지 성질이 나빠진 것인지 잘 모르겠다. 점점 더- 보고, 읽는 것에 편식하게 된다. 좋아하는 노래만 백 번 듣고, 좋아하는 음식만 잘 먹고, 좋아하는 사람만 만나게 된다. 당연히 좋아하는 작가의 책만 골라 읽는다. 발전될 리 없다.

가끔은 간사하고 익숙한 것만 좋아하는 뇌에게 어퍼컷을 날리고 싶다.

아주 예전에 읽은 책 하나가 갑자기 생각나 화가 난다.

제목은 생각이 안 나는데 읽고 버리면서 '에이, 쓰레기' 했다. 똑같은 내용이 거의 50장은 들어 있는 것 같았다. 확인 안 한 거다.

그런데 갑자기 이 생각이 왜 났는지는 모르겠네. 책 쓰는 방법에 관해 설명하는 굉장히 두꺼운 책이었다. 돈 주고 샀는데 한 번 읽고 버렸다. 남을 줄수도 없다. 차라리 스무 페이지짜리 책을 쓰시죠. 그래도 나 보기가 역겨워 가실 때에는- 처럼 주옥 같다면야 저는 사 드릴 생각이 있는데 말입니다. 50장 정도 되는 분량으로는 '어른 책'을 만들 수 없는 건가요?

얇디얇은 윤동주 시집 특별판을 사서 참 곱게도 보았다. 책을 만지기만 해도 잎새에 이는 바람이 손끝에 스미는 기분. 한자는 잘 모르지만 정성스럽게 읽었다. 아, 읽어 보려고 노력했다고 해야 맞다. 윤동주 시인. 이름도 아름답고, 시도 아름답고, 시인이라는 단어도 아름답지 아니한가. 역시나 글보다 삶이 더 중요한 건가요?

이민 오기 전에 이동문고(차로 움직이는 도서관)에 기증했다. 그 책을 받아 들던 아저씨의 표정에서도 잎새에 이는 바람이 느껴졌다. 그 바람에는 약간의 담배 연기가 첨가되어 보리차처럼 구수한 시골 내음이 났지만.

좋은 분이었다. 아저씨, 고마워요. 덕분에 제 '읽는 삶'이 좀 더 편안했답니다. 아직도 목요일에 제가 살던 동네에는 이동문고 차가 가고 있나요.

기다릴 수 있는 쪽이 설렌다

아이가 눈 쌓인 마당을 보고 그냥 들어가지 못한다. 가방만 던져놓고 한 시간째 밖에서 눈 위로 뒹군다. 눈사람을 만들기도 하고, 바닥을 눈으로 빤빤 하게 다지기도 하면서. 나에게도 기다릴 시간이 있으니 다행이다. 재미있게 놀라고 해 놓고 차고에서 의자와 책을 들고 나왔다. 아이는 눈과 함께, 나는 책과 함께.

나는 늘 기다리는 사람이었다. 사람을 기다리고, 기회를 기다리고. 가끔은 끝이 없는 것처럼 느껴지는 연습의 시간 속에서 한 걸음 더 나아지기를 기다 리고. 기다리는 사람은 '을'의 입장이 아닐까 하는 한숨도 내 삶 어딘가에 깊 이 서려 있다. 그러면서도 나는, 기다리게 하는 사람이 아니라 기다리는 사람 쪽을 택해야 마음이 편한 일반 사람.

육아는 늘 기다림이다. 기다리는 엄마가 좋은 엄마라는 생각에는 늘 변함 이 없다. 아이를 키우면서, 난 그저 '더 잘 기다리는 사람'이 되었다.

책을 읽다 말고 아이 콧노래에 고개를 들어 보니 아이는 눈으로 의자를 만 들어 나처럼 앉았다. 엄마랑 똑같지, 하면서. 다시 콧노래를 시작한다. 녹아 가는 눈을 가지고 노는 아이를 들여다본다. 이 순간을 영영 잃지 않는 시간

캡슐에 넣어 보관하고 싶다. 아이는 자랄 테고 나는 시간 속에서 지금 이 순간의 '솜털 같은 보송보송한 느낌'을 잊어 가겠지만, 아이와 함께할 수 있어 행복했노라고 기록한다.

기다릴 수 있는 쪽이 설렌다.
아이는 콧노래 하나만으로도 자꾸만 나를 깨닫게 한다.

울면 안 돼

너는 남자니까 울면 안 돼

너는 애 아빠니까 울면 안 돼

너는 장녀니까 울면 안 돼

지금 밖에 있으니까 울면 안 돼

쟤는 사장이고 나는 사원이니까 울면 안 돼

아프지만 시끄러우니까 울면 안 돼

너 울면 엄마 속상하니까 울면 안 돼

저 나쁜 새끼 앞에서 울면 내가 병신 같고

쪽팔리니까 울면 안 돼

울면 안 돼 울면 안 돼-에!

아 지겨운 마음의 소리.

산타 할아버지, 건의사항이 있어요. 올해부터는 우는 사람에게만 선물을
주셨으면 좋겠습니다.

산타 할아버지는 알고 계신다면서요?

누가 착한 앤지, 나쁜 앤지.

보통은요-

나쁜 애가 '울려서' 착한 애가 '울어요'.

나쁜 애가 웃는다고요.

가사에 문제 있어서 이의 제기합니다.

나무야 나무야

나무야
많이 읽고 많이 써서 미안해

더 좋은 사람이 되도록 해 볼게

고마워
고마워
고마워

이래서 사람들이 TV를 보는구나

집에 한동안 텔레비전이 없었다. 필요가 없어서. 최근에 아이 DVD용으로 샀다. 지금도 텔레비전은 보지 않는다. 공부한답시고 유튜브를 뒤지다가 풍덩 빠지기는 한다.

나의 한심한 일상을 돌아봅니다. 공부하면서 자료 찾다가 왜 거기로 빠졌는지 모르겠는데, 시상식 장면이 나온다. 안영미? 응? 개그? 얼굴이 참 예쁘시네요.

'송김안영미' 영상을 보고 울었다. 나 왜 울었는지 모르겠다. 그 여자가 절을 하는데 내가 왜 우는지. 내가 어디에 어떻게 감동을 받은 것 같긴 한데 잘 모르겠다.

안영미 '라스' 영상 찾아보고 깔깔 웃다가 커피를 쏟았다. 아, 나 아무래도 이 여자한테 빠진 것 같아. 너무 웃겨. 유럽도 좋지만 캐나다로 오세요. 세상 없던 캐릭터라서 그런가 봐. 요즘 난 한국 여자들의 매력에 자꾸만 퐁당 빠진다. 한국 여자들은 참 예쁘고 능력도 많다. 이런 매력덩어리들 같으니라고. 조만간 세계 텔레비전은 한국 여자가 다 씹어 먹을 것 같은 느낌.

영상은 참 무섭구나. 한번 보기 시작하면 시간 가는 줄 모른다. 이래서 내가 시작을 안 하려고 했지 그래. 그런데 오늘은, 에라 모르겠다. 이래서 사람들이 TV를 옆구리에 끼고 사는구나 싶다.

나도 요즘은 기승전유튜브. 공부는 역시 유튜브. 영어 공부하려고 틀었는데 유럽 개그를 구사하는 안영미를 들여다보는 중.

주려고 해도 받지를 못하니

내가 이렇게 열정적인 사람인 줄 몰랐다.

컴퓨터는 메모용, 어학사전 혹은 일하는 도구쯤으로 쓰다가 유튜브에 퐁당. 여러 스타를 만나게 되었다. 유튜브에는 대단한 사람들이 많다. 우와 하면서 허우적거리고 있다.

아아, 나는 어릴 때 너무 바르게 자랐는지 팬레터를 써 본 일이 없구나. 좀 놀았다고 생각했는데 그걸 못 해 봤네. 팬레터랑 '바르게'랑 뭔 상관. 내가 좋아하는 영상에 '좋아요'도 눌러 주고 찬양 댓글도 단다. 메일 주소를 올린 적도 있다. 당연히 답장 없다. 답장 온다고 생각하고 팬레터 보내는 거 아니잖아. 난 괜찮아. 괜찮아. 흠흠, 나 우는 거 아니야.

그러면서 어디 보자 흥, 하고 일반 사람인 나는 다시 침 흘리며 유튜브를 애독해 드린다.

김민식 PD의 책 《매일 아침 써 봤니?》를 읽었다.

아 귀여워. 귀여워. 귀여워.

이렇게 계속 귀엽게 나이 들어 귀여운 두 딸의 귀여운 아버지가 되어 주세요. 책도 자꾸 쓰시고요. 춤도 추시고.

같이 글 쓰면서 나이 먹어 갑시다. 이렇게 건방진 글을 무명으로 남기고 싶어서 블로그를 찾아서 들어갔는데 아뿔싸, 티스토리다. 글 쓰기 누르니 로그인을 하란다. 하이고, 저는 그 창만 나오면 머리가 하얗게 되는 사람이거든요. 캐나다 오니까 이런 쉬운 일이 어려운 일이 되네요. 다 늙어서 '덕질'을 하려고 해도 상황과 뇌 기능이 받쳐 주질 못하는구나.

아니, 왜 팬레터를 주려고 해도 받지를 못하니.

로그인 없이도 팬레터를 남길 수 있는 훈훈한 문화를 원하는 밴쿠버 조선족이 웁니다.

교정된 내용이 없습니다

요즘 글을 쓰다 말고 국어사전을 찾는 일이 잦아졌다. 내가 그래도 왕년(이라는 게 있긴 있었는지 모르겠지만)에 시험을 보면 국어는 공부 안 해도 100점이었는데 말이지 큰소리치다가 점점 의기소침해지며 사전을 찾는다. 내가 쓰고 싶은 단어가 여기에 합당한 표현인가, 띄어쓰기가 제대로 되었는가 해 가면서. 회사 다닐 때 한동안 메일 파트에 있었는데, '메일 손질'만 하던 때가 있었다. 회사란 모름지기, 열심히 일할수록 더 부려먹는 곳이다.

캐나다 오니까 그런 면에 덜 분노하는 건 좋다. 여기는 한국보다는 수평적이다. 위에서 시킨다고 무조건, 이런 거 별로 없다. 일하는 만큼 돈 줘야 한다. 아, 정이 있는 한국보다는 덜 생각하고 자르는 경우가 많다. 회사 갔는데 "내일부터 그만 오세요." 하는 경우가 있다는 소리지. 갑질과 정은 세트인가? 어허.

캐나다란 나라는 인권과 안전, 아이들에 대해서는 거의 공산당 수준으로 보호하려고 노력하는 모습을 보인다. 여기서도 갑질은 한국 사람들이 한다. 한국 사람끼리. 열 받는 얘기는 대충하고 지나가자. 갑질은 정말 '꼴값'이다. 옆집 라일리 할머니가 그러는데 여기에는 '이대 안 나온 이대 동문회장'이 있다네? 한국 교포 모임은 이런 면에서는 대대적인 '정신 교정'이 필요해 보인

쓰는 게 뭐라고

다. 그런 게 가능하긴 할지 모르겠지만. 그건 그렇고, 삼천포로 제대로 빠졌 군.

어떨 때는 미친 듯이 막 쓰다가, 어쩔 때는 미친 듯이 교정만 한다. 그러다 가 통째로 지운다. 이건 뭐 밑 빠진 독에 물을 붓는 것 같은 느낌이지 뭐. 우 리 동생한테 돈 빌려주는 느낌이랄까? 그 돈이 돌아오지 않을 줄 알면서 빌 려준다. 그 돈이 안 돌아오면 열 받지만 나는 동생을 사랑한다. 안 빌려줄 때 도 있고, 그냥 줄 때도 있다.

그러다 어느 날 동생이 철이 들었다. 내가 캐나다에 온 후에 걔 생일이 됐 다. 여기는 배송비가 너무 비싸다. 뭘 보낼 수가 없다. 한국 통장에 보니까 2 만 원 남았다. 그거 보내면서 "이거 한국 통장에서 보낼 수 있는 유일한 돈이 여. 커피 사 묵어." 했더니 고맙다고 한다. 그리고 엄마한테 그랬단다. 언니가 나를 참 많이 생각해 준다고. 나의 캐나다 이민으로 엄마와 동생은 철이 들 었다. 나는 철을 버렸다. 엄마나 동생이 철이었다는 소리는 아니다.

요즘 글을 쓰다가 맞춤법, 띄어쓰기 검사기를 자주 돌린다. 이전에는 틀렸 다고 하면 '이걸 써, 말아?' 해 가며 고민했는데 요즘은 내 맘에 들면 그냥 '틀 린 그 말'을 쓴다. 물론 '바라요'가 아직도 미칠 것 같다. 바래요, 해야 뭔가 정 말 '바라는' 것 같은 느낌이랄까. 자장면보다는 짜장면이 맛있어 보이잖아. 그럼 그냥 짜.장.면 이렇게 쓰고 싶은 거다. 요즘은 둘이 다 된다며? 그럼 난 당연히 '짜장면'이지. 짬뽕이랑 짜장 중에 선택하라고 하면? 아, 나는 힘들다.

잘 쓰고 정확하게 쓰는 건 힘들다. 그래도 중요하다. 비슷한 단어와 정확한 단어는 상어와 멸치만큼의 차이가 난다. 그런데 그걸 계속 신경 쓰느라 쓰지 못한다면 그건 또 안 되는 거다. 그래서 뭐 어쩌라고. 한동안 '교정된 내용이 없습니다.'가 연달아 세 번 나오면 나는 춤을 추고 싶어졌다. 교정될 내용이 없는 인간이라도 된 마냥.

그런데 이내 식상해졌다. 재미없다. 교정될 내용이 앞으로도 없다는 건 아니거든. 이 단어에서 교정될 내용이 없다는 거지. 그게 뭐, 이런 마음마저 든다.

사람은 이렇게 간사한 족속이다. 제발- 하다가도 이루어지면 '원래 그렇지 뭐.' 하고 감사한 마음이 사라진다. 은혜를 모르면 안 된단다. 올챙이 적을 잊지 말고 어허, 하고 자신에게 말할 수 있어야 한다.

요즘은 즉흥 연주나 재즈를 듣고 싶고, 생전 안 봤던 글을 쓰고 싶다. 사실상, 전에 안 살던 환경에 와서 산다. 아침에 일어나서 밖에서 영어 말소리가

쓰는 게 뭐라고

마구 들리면, '여긴 어디?' 하고 혼자 멍 때리다 어허허 웃는다. 그러다 글을 쓴다. 사전을 찾고 교정을 본다. 그리고 다시 '교정된 내용이 없습니다.'를 보고 안도한다.

역사도 돌고 돈다. 인생도 그렇고, 글 쓰기도 그렇다. 어이쿠, 밥 먹을 시간도 돌아왔다. 어제도 먹고 오늘도 먹었지만, 낮에는 또 점심을 먹어야 한다.

교정을 자주 하면 좋은 점…
쓴 글을 버린다. 통째로, 마구 버린다.
수사는 다시 원점으로. 범인은 이 안에 있다.

낼모레 마흔입니다만

나이가 마흔이 된다는 건 뭘까. 공자님 말씀이 정말 맞는 걸까. 지천명(知天命). 마흔이면 세상사에 미혹되지 않고 하늘의 뜻을 알고 행할 수 있는 겁니까. 논어는 보통 다들(?) 좋아하니까, 글을 좀 옮겨 본다.

나는 열다섯 살에 학문에 뜻을 두었고
서른 살에는 홀로 섰다.
마흔 살에는 미혹되지 않았고
쉰 살에는 하늘의 운수를 알게 되었다.
예순 살에는 무언가를 듣는 데 있어 거스름이 없었고
일흔 살에는 내 마음이 하고자 하는 바를 쫓았으되
법도를 넘지 않았다.

역시, 공자님은 다르시군요. 저는 아직 잘.

홀로 설 나이 서른을 넘어 결혼을 했네? 둘이 섰군요. 미혹되지 않는 나이는 일 년 남았으니 당분간 흔들흔들해 볼까요. 흔들거리지 않는 나이가 되기 전까지는 세차게 흔들려도 봐야 하지 않을까요. 대신 강아지풀같이 겁나게 버텨서 부러지지 말기. 바람에 부러진 강아지풀은 본 적이 없다.

그런데 급 질문. 왜 항상 서민은, 서민의 꿈은 풀이어야 하는 걸까. 나는 꽃도 피고 과일도 많이 맺는 나무가 되고 싶은데요. 나의 라임 오렌지 나무 정도라도 안 될까요? 향이 좋잖아요. 비타민도 팍팍 들어 있고.

낼모레 마흔, 잠 못 드는 아줌마의 개 풀 뜯어 먹는 소리 어디쯤. 밀려오는 헛소리에 불면증은 깊어만 가고.

글 써서 먹고살 수 있겠다는 확신이 들었다

남편과 아이 보내고 식사 및 살림해 주는 시간을 제외하고 내내 글 쓰는 요즘. 삶에서 내 손을 필요로 하는 작업이 나를 부르지 않으면 스무 시간이고 이틀이고 쓸 수 있다. 아줌마는 할 일이 끝없이 나온다. 정말 바쁘다. 알람을 맞춰 놓고 글을 끊어야 한다.

황금 같은 주말에 나는 다들 자는 시간에 앉아서 글을 썼다. 처음에는 사투였다. 자기 자신을 테스트하는 것 같은 기분으로. 그렇지만 어느 순간부터는 시간이 가는 줄 모르고 쓰게 되었다. 그냥 시간이 점프해서 지나간 느낌이었다. 아, 더 써야 하는데 아이 데리러 갈 시간이다, 이런 느낌.

성공의 법칙에 '1만 시간의 법칙'이라는 게 있다. 나는 그 이상 분명히 썼을 것이다. 흠, 아무래도 나는 이제 글 써서 먹고살 수 있을 것 같아. 그런 확신이 들었다.

컴퓨터랑 노트를 병행하며 쓰고 있는데도 볼펜 잉크가 금세 떨어지는 기분이다. 앉는 자리마다 새 볼펜을 배치해서 쓰는데도 어느 순간 정신을 차려 보면 다 쓴 볼펜이 그 자리에 굴러다니고 있다. 볼펜을 다 쓰는 것까지는 좋은데, 몸도 닳는 느낌이 든다. 운동선수만 그런 게 아니었다. 글을 써도 몸이

쓰는 게 뭐라고

닳는다. 이게 문제다. 가끔은 구역질이 난다. 몸이 떨린다. 잔 것도 먹은 것도 아닌 것 같다. 나는 정말 죽도록 쓰고 있다. 너무 힘든데, 글이 나오는 속도와 분량을 보면 흥이 난다.

요즘, 나는 쓰는 것에 살짝 미쳐 있는 상태입니다.
바흐만 들어요. 노인네 소릴 들으며. 과속을 할 때 음악은 좀 눌러 줘야 해요.

글빨이 뭔가요

자소서 열나게 써야 하는 대학생들이 묻는다.

"글빨이 뭐예요? 나도 글빨 좋은 사람 되고 싶어요."

너는 일단 책부터 읽어라. 내가 그랬던 것 같은데 무책임한 내 뇌는 그 후의 대화를 기억하지 못한다.

"글빨은 글로 쓰는 말빨이지 뭐."

애들 자소서는 이름만 빼고 다 똑같다. '엄부자모'로 시작해서 '열심히 하겠습니다.' 하고 끝난다. 재미없다. 그걸 앉아서 읽고 있는 사람들도 그런 걸 쓰고 회사에 들어갔을까요. 나도 '자소서'라는 놈을 한번은 쓴 것 같은데, 기억나지 않는다.

글에는 그 사람의 어투가 분명 묻어난다. 글이랑 그 사람이 '똑'소리 나게 같을 거라는 기대를 하지는 않지만, 전혀 없는 것이 나올 수는 없다. 물론, 아름다운 시를 쓰는 변태 같은 시인 할아버지도 있을 수 있겠다. 저자와의 만남 그런 거 있잖아. 만나 보면 책이 말을 하는 것 같은 느낌이 들 때가 있거든. 그 사람이 쓴 책이 무대에 서서 사람으로 빙의되어 말을 하고 있다.

아, 저분이 그분이군. 책이랑 많이 닮으셨네요.

글에 대한 '자기 보기'가 안 된다. 제가요. 내가 글을 써 놓고 읽으면 늘 지우고만 싶은 게 병인 건지, 자신감 부족에서 오는 건지. 그저 오래된 습관일 뿐인지.

글에도 자기 보기가 필요하다. 대충 보고 그냥 버린다는 사람이 있다는데, 그 사람이 저라고 차마 말을 해 버립니다. 별로 좋은 일이죠. 말장난이나 하면서.

내 글을 교정하다 말고 한숨을 쉬면서, 다른 사람의 글을 보면서 '우와' 한다. 나는 남의 책을 사 보기 위해서 내 책을 팔고 싶은 그런 우스운 사람이란 걸 깨달았을 뿐이다.

글을 쓰다가 막히면

신들린 듯이 쓰다가 막힐 때가 있다. 그러면 나는 조금 고민하는 척하다가 닫고, 다른 글을 쓴다. 내 마음은 갈대요, 막히면 노 저어서 다른 곳으로 가요. 공부할 때도 마찬가지. 이 공부를 하다가 막히면 책을 덮고 옆에 있는 다른 책을 편다. 이를테면, 영어 공부를 하다가 아우 머리야, 하면서 옆에 있는 중국어나 최근 읽다 만 책을 펴는 것이다. 내 생각에는 꽤나 건설적이다. 어쨌거나 퍼져서 다른 짓을 해 버리는 것보단 낫잖아? 낫긴 나은데 철학도 깊이도 없다.

저명하신 서양화가 홍다슬 선생께 물었다.
"그림 그리다가 막히면 어떻게 해? 버려?"
"내가 싫증을 잘 느껴서, 그리다가 지겨우면 다른 거 그려."
나만 그런 게 아니었다. 그렇다고 그게 정답도 아니지만. 역시나 예술은 돌고 도는 것이었다.

동생에게 물었다.
"공부하기 싫으면 어떻게 해?"
"공부는 원래 '하는 거' 아니야."

안 하면, 하는 것에 대한 고민이 없다…라. 뭔가 장자를 펼친 느낌. 물에는 '곤'이라 하는 물고기가 살았는데… 푸드덕 뛰어올라 붕… 내 동생은 천재 아니면 장자인 걸로. 산은 산이로되 물은 셀프로다.

원래 쓰던 것처럼 나는 쓴다. 그냥 쓴다. 그 자리에서 삽질 하다 보면 물이 나올지도 몰라. 설마, 여기가 사하라는 아니겠지.

사람을 사랑한다

최근 영어 공부를 하다 인터뷰 영상을 타고(이런 저런 사람의 인터뷰하는 모습을 관찰하는 것을 좋아함) 가다 보니 영어 공부는 또 물 건너가고. 유튜브에 빠진 우리 아버님을 이해하게 되었다. 아버님, 사실이었어요. 유튜브만 보고 있으면 해외 여행 나갈 일도 없고, 학원 가서 배워야 할 필요도 없어요. 동영상으로 본 밴쿠버는 내가 사는 곳이 나와도 실물보다 더 멋있어 보였다. 무서운 세상이다. 요즘은 AI가 사람이랑 똑같이 변장(!)도 할 수 있고 같은 목소리로 노래도 할 수 있다묘오?

예전에 모 인터넷 회사에서 유튜브 동영상 모니터링하는 일을 했었는데 그때는 이런 신세계일 줄 몰랐다. 그게 대략 10년 전 일이다. 주변에서 '넌 너무 앞서가, 그러면 이상해.' 하는 소리를 하는데, 사람들이 잘못 본 거다. 나도 내가 앞서가는 사람인 줄 알았다. 지금 보니까 완전 착각이었다. 그냥 제 맘대로 생각하고 살았던 것이었지요. '남다른' 혹은 '별난' 소리를 듣는 이상한 아이였을 뿐이다. 큰 사고를 친 적은 없다. 소풍 갔다가 친구들이랑 튀어서 벌 좀 받고, 쉬는 시간에 사발면 먹다 적발되어서 교무실에서 만세삼창 하고 뭐 그런 거. 귀엽지 않나요.

말을 하다 보니 갑자기 토큰이 생각난다. 예전에는 버스 탈 때 승차권 같은, 종이를 내고 탔었다. 그게 버스 카드로 바뀔 때 참 생소했던 느낌이 기억난다. 승차권을 저 카드로 대체해? 저 카드에다 돈을 충전한다고? 어허, 그러면 안 된다네. 순리(전혀 근거 없음)에 맞게 살아야지 사람이. 삑, 이라니. 사람이 종이를 만져야지, 어허 하면서.

지금은 내가 그 삑 하는 물건을 몇 개를 갖고 있는가. 캐나다에서는 그 '삑' 발급조차 쉽지 않았다. 이제는 '어이, 기다리시게!' 하는 물건이 된 것이다. 제발 저를 사서 삑 해 주세요, 가 아니라.

신용 카드, 포인트 카드, 충전 카드, 혹은 이 모든 것을 합친 만능 카드. 더 무서운 건 그것들이 생기고 인건비가 비싸지면서 과정은 생략이 되고 기계가 '삑'으로 모든 걸 해결해 주는 것. 캐나다 와서 제일 무서웠던 건 영어였지만, 그다음 무서웠던 것은 마트에 일렬로 진열된 계산 기계들이었다. 공항에서도 '윙?' 했는데(다들 기계로 바뀌는 추세) 한국 마트는 아직 이 정도는 아니었던지라 '으악' 하고 말았다. 아, 조금 있으면 사람을 동물원에서 구경해야 하는 시대가 올지도 모르겠군.

진이한테 들었는데, 요번에 맥도날드 자동 계산기에서 특정 오류가 나서 햄버거를 털렸다고. 자알 됐다, 고소하다. 그것 보아라. 아직은 사람이 필요해, 그러면서 커피를 '쓰다' 느끼며 마셨다. 인류는 인공지능을 겁내면서도 요리조리 활용하고 있다. '인공지능'이라는 단어가 나에게는, 눈에서 불 나오는 터미네이터가 따라오는 장면이었을 뿐이다. 물론 일론 머스크 오빠는 나랑 생각이 다르겠지요.

앞으로는 컴퓨터와 인공지능이 사람보다 더 많이 쓰임을 받게 된다는 걸 안다. 이미 판은 넘어갔다. 홈센스(집안에 쓰는 물건은 다 판다)에 가서 기계가 그린 그림을 보고 경악했다. 이 기계 놈이, 감히 진짜 물감을 칠해서 그림을 그렸어? 이런 걸 네가 그렸단 말이더냐. 나보다 잘 그린다. 문제는 그거다. 이미 졌다.

그렇다면, 사람은 어디에 있어야 할까. 그런 걸 '만들지' 못하고 '주는 대로 사용해야' 하는 나 같은 사람은 어디쯤에서 뭘 하고 있어야 할까.

흠흠. 글을 고치면서 생각해 보니, 원래 이 글은 어린 시절 내가 실수로 '맞춘 것'들을 자랑하기 위해 쓰기 시작했다. 그 감정을 잃으면 안 되니까 자랑질로 돌아가 본다.

핸드폰. 엄청나게 큰 무전기 같은 핸드폰이 나왔는데 사람들이 저걸 누가 쓰냐고 했다. 처음 나왔을 때 백만 원이 넘었다. 친구들이 낄낄거리며 그 물건을 비웃고 있었다. 나도 그랬다. 저걸 누가 써. 같이 비웃다가 번뜩 '아이디어' 님이 오셨다.

"저거, 이제 작아지거든? 그럼 내가 산다."

친구들이 더 큰 소리로 웃었다.

"크거나 작거나 네가 저게 왜 필요해?"

쓰는 게 뭐라고

"내가 쓰면 너네도 필요해질 것 같은데?"

고2 때 TTL 광고가 나왔다. 지금 SKT 첫 이미지 광고였는데, 물속에서 예쁜 여고생이 나오는. 나는 바로 크기가 작아진 그 핸드폰을 샀다. 내 말에 책임을 지려고? 나는 그렇게 책임감이 막중한 고등학생이었다.

'고딩'이라 쓰고 '막 나가는 사춘기'라 읽는다.

참고로 그때 '핸드폰'이란 말이지. 우리 반에서는 반장만 가지고 있던 물건. 물론 나는 이후에 핸드폰 비용 때문에 엄마에게 온갖 구박을 당한다. 앞서나가는 사람은 그런 핍박 정도는 감수해야 한다.

등짝 스매싱을 표정으로 날리던 모친께서는 어느 순간 깨닫는다. 그 물건이 있으면, 이 '정신 나간 딸'이 어디에서 무얼 하는지 담방 알 수 있게 된다는 '편리함'을. 핍박자는 종국에 유지비를 직접 내주기에 이른다. 편리함이란 그런 것이다. 그 편리함을 온 세상이 알았다. 모두가 핸드폰을 쓴다. 친구랑 삐삐를 잠깐 같이 쓴 적도 있었는데 호기심으로 시작하고 '불편해서' 그만두었다. 2000년 이후 태어난 사람은 모를 전설의 물건이다. 발전이란 놈은 가속도가 붙으면 인간이 못 막는다.

편리함은 '빠르다'는 사실을 동반하고 우리는 그 흐름에 이미 편승했다. 날마다 제트기처럼 날고 있다. 이제 어디로 어떻게 더 빨리 편리하게 갈 것인가. 캐나다 와서 처음으로 본 영화가 '겨울 왕국 2'인데, 영화관에 갔더니 팝콘 팔고 영화표 관련 확인해 주는 일 외에는 모두 기계가 하고 있었다. 난 무섭다. 그런 걸 보는 자체가. 나중에는 그 친구들이 문밖에 나와서 "어이구 오셨습니까." 하고 인사도 할 것이다. 터미네이터가 이미 우리 머리끄덩이를 잡았다.

물론 기계가 해서 좋은 일들도 있다. 나 역시도 불편한 것보다는 편리한 것이 좋다. 그렇지만, 그걸 내가 선택적으로 할 수 있기를 바란다. 사람들이 원한다면, 원하는 일을 할 수 있길 바란다. 이대로라면 로봇을 안고 자고, 로봇을 키우고, 로봇이 노래도 부르고, 인터넷상으로 '인공지능이'에게 상담을 받고 눈물을 흘리고 하는 일이 곧 벌어진다. 그게 너무나 당연한 세상도 올 것이다. 안다. 알았다고. 알기는 알겠다고.

난 '아직은' 싫다고 말하고 싶은 거다. '그건 아니지 않아?' 하고 싶은 '흥'하는 마음. 이런 내 마음도 '토큰'이나 '삐삐'처럼 없어질 것인가. 친구 남편이 영어 앱을 만들었대서 해 보는 중이다. 오, 이거 좋은데. 그러다 갑자기 그 생각이 들었다. 말하는 동시에 원하는 언어로 변환되는 앱이 있으면 돈 많이 벌겠구나. 나에게 만들 능력이 있으면 그걸 만들어 돈을 벌겠다. 그러나 나에게 그런 능력이 없으므로 고민하지 않고 비판하겠다. 깔깔깔.

갑자기 벼락을 맞고 천재가 되어(응?) 그런 대단한 걸 내가 만들 수 있다고 해도, 나는 외국어 공부를 할 것이다. 힘들지만 배우는 즐거움의 과정을 잃고 싶지 않다. 외국어를 배워서 가장 좋은 일이라면, 그 언어를 사용하는 친구와 사귀고 내가 경험하지 못한 그 문화권의 생각을 그에게 직접 듣는 것이다.

외국 나와서 살아 보면 아는데 한국 사람들은 '대부분' 한국 사람끼리 우르르 몰려(!)다닌다. 가장 큰 이유는 영어가 안 되기 때문이란다. 나 역시 한국 친구가 있고, 더 편한 건 사실이지만. 나는 중국어 하는 입을 가지고 있었기 때문에 중국 친구들이 먼저 생겼다. 나에게 먼저 말 걸어 주고 정말 태도가 '나이스' 했던 타냐(모국어 스페인어, 영어가 두 번째 언어) 같은 사람도 있다. 내가 핸드폰 들이밀며 통역을 했다면 걔가 나랑 친구하자고 했을까?

　"너는 결론적으로(한다는 언어 모두를 잘 못하지만!) 3개 국어 하는 여자야. 자신감을 가져. 그리고 영어 좀 못하면 어때. 난 네 성격이 엄청 마음에 드는데."

　이런 근사한 칭찬이 있나. 내가 영어 잘하지 못해서 듣고 싶은 대로 들었대도 상관없다. 만날 때마다 '마이 베스트 프렌드(My best friend)'라고 했기 때문에 내가 세뇌된 건지도 모른다. 걔는 사람 마음 사는 데 프로다.

　어쨌거나. 어플이 나보다 더 유~창한 언어로 대신 말해 주는 세상이 온다고 할지라도 나는 오늘도 복장 터지는 마음으로 영어를 공부하고, 외워지지 않는 중국어 단어를 써 보련다. '흥흥, 두고 보라지.' 하는 마음으로. 기계는 이 아름다운 과정을 으랏차, 하고 생략해 버린다.

　사람은 그 존재 자체로 귀하지 아니한가. 앞으로 어떤 세상이 오더라도 사람과 대화하고, 만지고, 사랑하고, 안타까워하며 살고 싶다. 편지를 보내 놓고는 받았을까를 상상하며 두근거리고 싶다. 사람이 연주하는 곡을 듣고, 그 섬세한 미간의 주름을 감상하고 싶다. '사람 가수'가 노래하는 것을 보고 '미쳤어, 미쳤어 진짜!' 하며 경악하고 싶다. 아름다운 춤사위를 보고 눈물 흘리고 싶다. 좋아하는 영화 장면은 돌려보고 싶지만, '사람'의 '감정' 연기를 보고 싶다. 과정 가운데 노력하며 흔들리는 사람들에게 박수 쳐 주고 싶다. '돌머리도 이런 돌머리가 없어.' 머리를 쥐어박으며 고민하고 싶다. 그러면서 이렇게 재잘재잘 쓰고 싶다.

나의 예쁜 발

남의 발은 안 들여다봐서 모르겠는데, 우리 남편은 발이 예쁘다. 손도 섬섬옥수. 태어나서 고생이 뭔지 모르고 컸다. 나는 날 때부터 고생을 다 알아버린 손과 발을 갖고 태어났다. 누가 내 손을 들여다보면, 나는 닭발에 양념 발라 주려고 그러느냐고 한다. 부끄러워서요. 정말, 딱 그렇게 생겼거든요. 그래서 나는 아름다운 손, 발을 가진 사람을 보면 부럽다. 그게 왜 부러운지도 모르고 부럽다. 원래 사람은 갖지 못하는 것에 대해 늘 동경하잖아. 그래서 예쁜 손 가진 남자랑 결혼했나 봐? 어쨌거나, 나는 평생 내 손과 발에 대한 콤플렉스를 갖고 살았고, 앞으로도 그럴 것이다. 관리 따위를 받으면 조금 나아지겠지만 그래도 근본이 변하는 건 아니니까.

날 때부터 남보다 덜 건강한 육체와 헐렁한 정신을 타고 난지라 운동을 해야 하건만 역시나 귀찮다. 임신 시절부터 이어져 오는 스트레칭 몇 분을 날마다 운동이려니 하고 한다. 그런데 그 우스운 동작들이 저축이 되니 건강에 도움을 주는 것 같긴 하다. 다른 친구들은 애 키우느라 허리가 날아갔다, 오십견이 왔다 하는데 나는 더러 아프긴 하지만 날아간 수준은 아닌 상태로 유지가 되고 있다. 육아로 어퍼컷을 맞고, 글을 쓰면서 너덜너덜해지긴 했습니다만.

스트레칭을 하시라. 좋은 습관이다. 그런데 뭐, 좋은 습관 들이는 게 어디 쉬운가? 나도 임신해서 평생 아파 본 적 없는 허리가 아파서 겁을 먹고 시작한 게 요가 고양이 자세이다. 그런데 나는 좋은 습관을 들이면 잃지 않으려고 노력하는 습관이 있다(워낙 내가 가진 좋은 습관이라고 할 만한 것이 많지 않아서 어렵지는 않다). 그래서 허리와 짧은(5분?) 운동 습관을 잃지 않았다. 집 거실에 요가 매트를 항상 깔아 놓는데, 그 위에 서면 뭔가 몸을 그 위에서 근육을 늘려야 할 것 같은 마음이 든다. 고로, 매일 할 가능성이 커진다. 만약 캐나다로 이사 오지 않았다면 청소하는 습관 따위는 없는 사람이니 요가 매트 밑에서 처음 보는 생명체와 조우했을지도 모른다. 안녕? 너는 미생물이니, 아니면 곤충이니?

어쨌거나. 남편 도시락 싸 주고 남은, 외국용 껍질째 먹는 긴 콩을 좀 주워 먹고 보리차 한 모금 마시고 그 매트 위에서 스트레칭을 한다. 양말을 신어서 발이 자꾸 밀린다. 양말을 벗고 앉았는데 발이 보인다. 쌩 발.

참 볼품없다. 못생겼다. 오른쪽 발톱은 스무 살에 맨발로 축구공을 차서 반쯤 떨어졌다가 도로 붙어서 제일 못생겼고, 새끼발톱은 구두 고를 줄 모르던 시절에 강의한다고 싸고 예쁜 구두에 쑤셔 박고 다녀서 다 찌그러졌다. 이민 와서 스트레스 받을 일이 많던, 그 어느 날 새벽에 울면서 발랐던 빨간 매니큐어가 여기저기 벗겨진 채 유지되어 있었다. 궁색해 보인다. 궁핍해 보이고. 불쌍해 보인다. 운동 시작도 안 했는데 땀도 나고. 남편처럼 운동을 해도 땀 안 나는 보송보송한 발에 예쁘기까지 하면 얼마나 좋았겠니. 너도 참 안됐다.

절로 한숨이 나온다. 눈물이 난다. 참 안됐다, 너.

　발을 붙잡고 주물러 준다. 손에 바르는 오일도 발라 주었다. 저절로 지워지다 덕지덕지 남아 있는 매니큐어도 지우고 영양제를 발라 준다. 지긋지긋한 수족냉증. 내 발은 평생 추웠겠구나. 애 낳고 그놈을 날마다 안고 업고 뛰느라 족저근막염에 걸려서 고생했다. 여기에 어릴 때부터 갖고 있던 부주상골 증후군 추가요. 예쁜 신발 제대로 신지도 못하고 할머니 같은 운동화만 신어야 되는 내 발. 낼모레 마흔이 되어서야 봐 주는 내 발. 미안하다.

　발 때문인지 나 때문인지 커피가 식어서인지 자꾸만 울컥한다. 난 이렇게 산다. 상담사의 이중생활. 만나는 엄마들에게는 너의 행복을 위해 투자하라던 나는, 캐나다 와서 이렇게 살고 있구나. 그래, 아직 이민 온 지 얼마 되지 않았으니까.

　그래서 발을 위해서 글을 썼다. 한번도 내 얼굴이나 손을 위해서, 허리를 위해서 글을 쓴 적은 없으니 발을 위해서 글을 쓴 내 마음을 발이 알아주길 바란다. 온 마음과 전신(?)의 노력을 담아 발에게 헌정하는 글을 썼으니 앞으로도 나와 함께 건강하게 살아 주렴, 발아. 너를 위해 편하고 아름다운 운동화를 계속 찾는데 힘써 볼게. 스케쳐스 운동화 디자이너가 얼마나 노력하는지에 달렸지만 말이다. 내 마음은 알아 주렴.

　그동안 너를 돌보지 못해 미안하다. 내가 좋아하는 산책을 도맡아 주고 하루의 삶의 무게를 오롯이 지탱해 주어 고맙다. 오늘은 연보라색 매니큐어를 발라 줄게. 네 맘에 들었으면 좋겠구나. "나의 예쁜 발."

패닉의 '뿔'이란 노래 마지막에 이 가사를 넣어 불렀다.

인간의 장르

　글 쓰기 책도 많고, 글 쓰기 기술에 대해 다룬 내용도 많다. '스킬'이 문제인가. 쓰는 것도 그냥 쓰기만 해서는 답이 없다. 물론 다독해야 하지만, 많이 읽는다고 해서 그것이 다 내 것이 되지는 않는다. 콩나물시루에 물 붓는 것과 같다. 아주 밑 빠진 독은 아니지만 기다리다 숨은 넘어간다.

　나도 읽은 양으로만 보면 누구 못지않게(근거 없는 헛소리예요, 여러분!) 많이 읽었다. 그런데 내가 최근 깨달은 점. 요즘의 나는 나오는 대로, 말하는 대로 그저 간절히 쓰고 싶다는 것이다. 물론, 쓴다. 그런데 이제는 그렇게 실컷 써서 '버리고 싶지' 않다는 것이다. 그저 쓰고 싶다. 남기고 싶다. 남기는 글을 쓰고 싶다.

　말로 풀어서 하고 싶을 때는 강의를 했고(운이 좋았다), 결론적으로는 잘했다. 뭐 그렇다 치고. 캐나다에 와서 공부하고 나의 공간, 영역이 확장되면서 나는 안에 있던 무언가가 '폭발'했다. 아 나는 너무 쓰고 싶다, 글로 말하고 싶다. 그리고 그게 다시 정리되면, 입말로 다시금 풀고 싶다. 모든 것은 순환이다. 뫼비우스의 띠처럼 돌고 돈다.

　요즘은 사람들이 워낙 똑똑하고, 맹렬하게 자신을 표현한다. 사진도 잘 찍고. 나는 다른 사람들 앞에 말을 하고 또한 들어 주는 일을 교차로 해 왔지만, 항상 '내 장르가 뭘까?'에 대해서 고민해 왔다. 비행기 타기 전에 직업란에 뭐라고 쓸지 늘 고민했었다. '어떤 인간 시리즈'인지 자꾸 정리하고 싶어 했다.

왜 그럴까? 자기 자신에 대해서 생각해 본 사람이라면 누구나 그럴 것이다. 하는 일이 많으면 나는 그중에 뭘 제일 좋아하는 걸까? 다 좋아한다고 하면 뭔가 전문성이 없어 보인다. 그렇다고 나는 음악 천재, 문학 천재처럼 '무슨 천재'도 아니다. 다 잘한다고 하자니 그럴 말을 할 자신이 없다. 그런데 못한다고 말하면 남편 및 지인들이 '재수 없다'고 하는 걸 보니 영 못하는 것도 아닌가 보다.

학교 다닐 때 노래 좀 한다고 소풍 가서, 체육 시간에 시간 남는다고 앞에 나와서 노래하는 애들 있잖아. 그게 나였다. 내가 하는 일들이 딱 그런 수준이라고 생각한다. 소풍 가서 노래했다고 가수가 되는 건 아니잖아. 우리나라에는 노래 잘하는 사람이 참 많다. 물론, 내가 지금 하는 일들에도 전문가가 많다. 그런데도 용케 나는 '흥미 돋는' 일에 대해 준비하고 공부할 때, 나를 위해서 일이 계속 있었다. 어차피 로또는 내 운명이 아니니까. 울면 지는 거야. 일과의 인연에 감사하며 살았다. 부족한 나에게 일을 주는 사람들에게 감사하며 살았다.

프리랜서는 엄밀히 말하면 '직업'이 아니다. 회사 아닌 곳에서 자유(?)롭게 일하는 비정규직 시간 노동자가 "너 무슨 일 하니?" 하고 물어볼 때 하는 대답이다. 프리랜서랍니다. 이렇게 쓰고 보니까 '아휴, 어떡하니.' 하며 안타깝기도 하고, '어쭈, 멋있는데?' 하기도 한다. 자유로운 영혼이 되고 싶었으니까. 그렇지만 자유롭지 못하다. 생계의 문제는 냉정하다. 사는 데는 돈이 든다.

나는 강의하는 게 신이 날 때는 '강사'라고 말했고, 상담에 보람을 느낄 때는 '상담사'라고 했다. 외국 갈 때 너 직업 뭐야, 물으면 "집사람입니다." 하고. 허허허. 영어는 어렵잖아. 질문 더 할까 봐 무섭잖아.

그런데 희한하다. 글은 평생 썼고 내가 가장 좋아하는 일이 '읽고 쓰는 일'인데, 그에 대해서는 무슨 말을 못 한다. '남의 신문 칼럼을 대필해 준 일이 있습니다(이런 말 하면 잡혀가나)' 혹은 '어떤 녀석들의 리포트나 자소서 등을 써 준 일이 있습니다만(교수님 죄송합니다만)' 하고 농담 삼아 얘기한 일은 있어도, '제가 글을 씁니다.'라는 말은 못 하는 것이다. 왜?

생각해 보니, 내가 책을 낸 일이 없다. 적어도 평생 글을 썼습니다, 하고 말을 하려면 책을 내야 한다. 좀 그런 느낌이잖아. 아니면 시나리오 정도(?)는 써야 한다. 내가 그래도 글의 장르는 확실하다. 지 맘대로 쓴다. 김어준 님의 말을 빌리자면 '욕망의 주체가 되어' 쓴다. 결론은, 책을 써야 한다는 것이었다. 그래서 책을 냈다. 글쟁이로 살기로 했다. 저는 '작가'예요, 하고 한동안 말하고 다닐지도 모른다. 장르는? 없다. 그냥 닥치는 대로 씁니다. 누가 물으면 또 '프리랜서'랍니다, 할 것이다. 프리랜서는 은행에서 대출도 안 해 줍니다. 제 몸을 볼모로 잡으시죠. 몸 쓰는 일을 특별히 못합니다만 괜찮으시면.

좋아하는 글을 읽고, 쓰고, 강의하고, 상담합니다. 읽고 쓰고 말하고 듣기. 그걸로 돈을 법니다.

어머나. 국어군, 국어. 나의 장르는 국어였네.

알고 보니 저는 국어로 돈을 벌고 있었습니다.

글 쓰기는 정말 근사한 일이다. 마냥 쓰다 보니 나란 인간이 뭐로 먹고 살았는지를 깨달았어요.

나의 행복은 구체적으로 어디에서 오는가

김정운 작가님의 책을 참 좋아한다. 캐나다 살면서도 친구에게 책 삥을 뜯어 이분의 신간 도서를 받아보았다. 캐나다에서는 한국 책 구해 보는 것이 참 드~럽게 비싸다. 빌려 볼 곳도 없거니와 나는 원래 사서 보는 쪽을 선호한다. 김정운 작가의 글을 빌리자면, '침을 바를 수 있기 때문'이다. 나는 내 맘대로 밑줄을 그어가며 헛소리를 끄적끄적 써 놓는데 생각이라고 표현하기에는 '내 생각'에게 미안하다. 뭔가 내 생각=헛소리 이렇게 쓰는 느낌인지라.

그렇게 만신창이(?)가 된 내 책을 다른 사람에게 빌려주기 부끄럽다. '빌려 달라'고 하면 사 준 적도 많다. 정운 작가님 책이 좋은 가장 큰 이유는 재미있기 때문이다. 지적인데 웃겨. 물론 나도 그런 사람이다. 지적이고 웃기다. 코드가 맞다. 그분 책은 내가 아는 한 다 읽었다. 선물도 많이 했다. 인세에 기여했다고 꼭 전해 주세요.

책에서 "내 친구 귀현이가 죽었다."고 했을 때 나는 내 친구가 죽은 것처럼 꺼이꺼이 울었다. 얼굴이 부어서 나갔더니 어디 아프냐고 물어본다. 내 친구가 죽었다고 했다. 요즘 나오는 그분의 책에는 멋진 사진도 있고, 한 줄 글귀도 있고, 내용도 알차고. 가독성이 뭐.

무엇보다도 나는 그분의 '글 스타일'이 매우 마음에 든다. 스타일은 정말 중요해. 자꾸 읽고 싶다. 나는 설득 당했다. 우리 집 내 손 닿는 곳에 널려 있는 책. 성경, 사노 요코의 책, 천계영(사랑해요, 나의 영원한 언니누나)님 만화책, 그리고 김정운 님의 책이다.

사실 나는 그분의 책을 도서관에서 '접신' 했는데 검색해 보니 유명한 분이네? 친구들한테 얘기하면 모른다. 얘들아, 아침마당이나 막장 드라마만 봐서는 안 된단다. 교양을 쌓아야지. 그렇게 말하면 이단 옆차기 맞을 것이 뻔하니 참기로 한다. 그런데 뭐, 내가 읽는다고 지성이 쌓이는 것 같지는 않고, 아하하 하다가 으음 하면서 고개를 끄덕인다. 밑줄을 화끈하게 쫙 긋는다. 볼펜이고 색연필이고 크레파스고 잡히는 대로 쓴다. 그러고 나서 책을 덮으면 잊어버린다. 아줌마가 애 낳고 키우면 다 그렇다고 하니까. 그걸 방패 삼아 자꾸 잊어버린다. 그리고 다시 읽을 때는 처음 읽는 것처럼 좋아하며 읽는다. 어머, 재미있겠다~ 하고 빌려와서 마지막 페이지 읽을 때 '읽었던 책이군.' 하는 일도 종종 있다. 나 자신에게 화가 난다.

우리 남편 왈,
"자기가 듣고 싶은 말만 해 주는 책만 골라 읽으면서 이거 봐~ 하는 거 아냐?"
오우, 데리고 살 만하군. 정확한 지적을 했어. 그런 걸 '코드'라고 하는 거니까. 내가 좋아하는 장르의 책을 읽고 영화를 보고, 음악을 듣고 그런 거잖아. 그게 뭐 어때서요. '끼리끼리'라는 말은 그냥 생긴 게 아니란다.

쓰는 게 뭐라고

최근 굉장히 공감한 내용은 《바닷가 작업실에서는 전혀 다른 시간이 흐른다》에 나온 공간에 대한 그의 생각이었다. 구체적으로 애쓰지 않으면 행복은 결코 오지 않는다는 '단언적' 표현은 나의 생각과 완벽하게 일치했다. 무릎을 쳤다. 사람은 원래 맞장구에서 희열을 느끼지 않나? 어머나, 나랑 똑같아요. 제에~가 딱, 그렇게 생각하거든요. '추운 마음' 한 조각쯤 마음에 두고 살지 않는 사람이 있을까. 갑자기 엘사가 생각나네. 겨울 왕국 2편은 너무 산으로 갔더라. 아아아아~ 누군가 나를 부르고 이써~어. 그런 마음 위로해 줄 장소가 있어야 한다. 지금 내 생활 반경에. 정확히 말하면 집 안에.

캐나다 와서 내 방을 하나 만든다고 미리 으름장을 놓았다. 그렇게 확보한 내 공간을 들여다보며 남편이 '당신은 이 방을 쓰는 일이 없다.'며 창고로 쓸 것처럼 음산을 기운을 보내길래 벌침을 확 쏘았다.

"그건 자네 생각일세. 이 공간을 쳐다보기만 해도 숨통이 트여. 스님 방 같잖아."

옷 갈아입을 공간이 화장실과 안방 '구석탱이'밖에 없는 것은 슬프다. 겪어보지 않은 사람은 그 '서글픔'을 모른다.

정리장 하나와 선풍기, 본인 안 쓰는 모니터를 갖다 놓는 것 정도로 합의를 봤다. 네 방은 방답게 쓰고 싶으면서 왜 내 방은 창고로 만들라 그래? 사랑하는 이노무쉐끼야. 그렇지만 이 정도는 봐 줄 수 있다. 내 방에서는 '책상 반경'이 제일 중요하다. 거기 앉아서 글을 쓰니까. 나중에 책상을 정운 작가님 쓰는 것 같은 걸로 바꿀 것이다. 그 책에 사진을 실어 줘서 감사하다. 그 사진 들고 가서 책상을 사면 된다. 지금은 남의 집 세 들어 살고 있어서 그 무거운 책상을 살 수 없다. 이사 갈 때가 두렵다. 이 나라는 이사에 돈이 '쎄-게' 든다. ㄱ자 모양의 매우 큰 책상, 원목으로 된 '나무다움'을 뽐내는 것으로 살거다. 내가 키가 작고 몸집이 작으니까 내 사이즈에 맞추려면 쉽지 않겠지만 책을 쌓아도 서류를 쌓아도 노트북을 놔도 커피를 놔도 걸리적거리지 않는 그런 책상을 살 거다.

아아, 생각만 해도 신이 난다. 책상 왼쪽 아래에는 긴 화병을 사서 꽃도 꽂아야지. 글을 쓰다가 멍 때리며 꽃을 볼 것이다.

나는 마트에서 예쁜 꽃을 보면(캐나다는 마트에서 꽃을 판다) 사 갖고 와서 화장실에 꽂아둔다. 거울 앞에 두면 더 풍성해 보인다. 집에다가 화장을 한 기분. 온 집이 밝아진다. 제가 화장할 일이 없으니 꽃을 좀 산들 어떻습니까.

화장실은 우리 가족이 가장 많이 쓰는 장소이다. 뻥 좀 보태면 거기서 스테이크도 썰 수 있다. 애가 보고 '우와, 엄마 이거 예뻐.' 하면 기분이 좋다. 손님들이 와서 아이의 손길이 곳곳에 닿은 더러운 우리 집을 보고 뜨악 하고 놀랐다가 화장실 가서 보고 '어머나 예뻐라.' 하면 또 기분이 좋다.

친구들에게 꽃을 사 주고 책을 사 준다. 노트를 사 준다. 여자들이 결혼하면 나에게 그걸 스스로 사 주는 것이 어렵다. 설날에 조카 용돈 얼마 줘야 하나 고민하는 시간은 있어도 구체적으로 나를 위해 지금 어디에 뭘 소비해야 하는지는 생각하지 못한다. 내 것이 어디 있는가. 돈도 시간도 나를 위한 게 없다. 항상 뒤로 미루게 되니까. 나중이라고 해서 그런 시간과 돈이 나에게 알아서 와 주지 않는다. 여자들이여, 자기의 행복을 위해 써라. 언니가 명품 가방이라고는 안 했다.

"캐나다는 책이 너무 비싸, 나는 모국어가 읽고 싶다고오~" 징징댔더니 킴이 "쫌만 기다려, 언니가 힘 써 볼게." 하더니 한국에서 읽고 싶은 책이 왕창 왔다. 《에디톨로지》하드커버 개정판까지. 응응, 내가 언니라고 불러 줄게 오늘은. 책만 이렇게 보내 준다면 언니든 형님이든 내 알 바 아니다.

내 행복은 이미 구체적으로 하나씩 '쓰여진' 지 오래되었다. 그런 면에서 난 성공했다. 당장 할 수 있는 것들에 대해서 오래 망설이지 않는다. 지른다. 돈이 없어서 힘들 때에도 사소한 행복을 사소하게, 자주 즐겼다. 자판기 커피 마시면서 글을 썼다. 문학가의 삶을 살았다, 뭐 그런 게 아니라 일기를 썼다고. 거지같은 하이틴 소설을 쓰고. 남긴 것? 하나도 없다. 다 버렸다. 춥고 외로웠지만, 글을 쓰는 순간만은 행복했다. 성냥팔이 소녀였던 나에게 하나 남은 성냥은, 읽고 쓰고 낙서 같은 그림을 끄적거리는 것이었다. 가만히 눈을 감으면 나는 그때로 잠시 돌아갈 수 있다.

마음에 드는 노트와 꽃 한 아름, 읽고 싶은 책을 살 수 있는 나는 행복한 사람이다. 예쁜 카드를 사고, 그 카드를 보는 순간 생각나는 사람에게 글을 써서 보낼 수 있기에 행복하다. 지금 이 순간, 내복 바람으로 책 읽는 아이를 옆에 두고 글을 쓰고 있다. 행복은 멀지 않다. 작은 것에 감사하면, 행복하다.

나이 듦에 대하여

남편이 나와 아이의 동영상을 찍은 것을 보았다. 애초에 알고 찍힌 것이 아니므로 아름답게 나오려고 노력한 것은 아니었으나, 충격이었다. 내 눈에 먼저 들어온 것은 나의 주름살과 얼굴에 늘어진 선들이었다. 내 첫 마디는 이랬다.

"나도 늙어가는구나아…."

말의 선도 늘어진다.

"별 수 없지. 지금 한창이라고 해도 시간은 가는 거지. 우리도 시간 앞에 별 수 없어."

우리 부부는 곧잘 이런 중늙은이 같은 대화를 자주 한다.

나는 서른 넘어서는 늘 그렇게 말해 왔다. 나이 먹는 것이 두렵지 않다고. 하루하루 최선을 다해 행복하게 살고 있다면 나이는 숫자에 불과하다고. 그렇지만 사진이나 영상으로 만나는 나의 모습은 거울로 날마다 만나고 있는 나와는 조금 다른 이질감을 선사했다. '나이'를 절감하게 해 주었다. 안 그래도 좋아하지 않는 사진 찍기를 점점 멀리한다.

내 마음이 그런 것만 들여다보게 만드는 것일까. 나는 그보다 더 좋아 보이는 것을 애써 찾아보았다. 아이의 웃음과, 나의 흐뭇한 미소. 그렇지만 서글픈 것은 어쩔 수 없다. 나도 여자니까. 나이 삼십 대 후반에 이런 말을 하면 어르신들은 요놈 소리를 하실 수도 있다. 그렇지만 인생은 늘 1인칭 주인공 시점이다.

십 대에는 가난한 집을 조금은 원망하며 철없이 살았고, 이십 대에는 치열하게 살았으나 그 치열함이 결과적으로 대단하거나 비범하지는 못했다. 자유로운 영혼이었던 것으로 만족하였다. 아니, 만족하려고 노력했다.

지금은 남편도 아이도 있는, 내 마음대로 살기는 힘든 처지로 그때와는 사뭇 다르게 불편한 환경이 많으나 또 다른 행복을 얻었다. 주름살을 숨길 수 없고, 아이 낳고 생긴 뱃살은 어쩔 수 없는 이 상황. 나는 늙어가고(!) 있는 것이다. 여러 가지를, 그럭저럭 포기하며 살게 되겠지. 나는 무엇을 '포기할 수 없을' 것인가.

몇몇의 친구가 죽은 날들, 그리고 아빠가 돌아가신 날. 나는 내 삶을 '나답게' 살고 싶다는 생각을 했다. 거의 삶에 대한 다짐이었다. 그러기 위해서 내가 당장 할 수 있는 일은 무엇인가. 1번은, 글을 쓰는 것이었다.

몸이 늙어가는 것은 덜 두렵지만, 생각이 둔해지고 다른 사람과의 교류에 있어서 고정관념이 생기는 것은 많이 두렵다. 내 뇌가 굳어져, 나만 옳다고 생각하고 말하게 될까 봐 나는 심각하게 두렵다. 나를 스스로 '디스'할 수 있는 정도의 유머감각이나 타인을 배려하는 태도, '인색하지 않음' 같은 건 하루에 1㎝씩 자랐으면 좋겠는데. 그 나이 되어 보지 않으면 모를 일이다. 애써 보련다.

'아이고, 이러시면 곤란해요~' 소리 나오게 솔직해서 읽는 사람이 뒤통수 긁게 되는 글을 쓰고 싶다. 아하하, 나도 그랬어요 하는. 따뜻하고 사랑스러운 글을 쓰고 싶다. 그게 가능할까요? 이렇게 열심히 쓰고 버리다 보면 이 끝이 보이지 않는 터널에서 탈출할 수 있는 걸까요?

이런 말을 하기엔 너무 젊은(?) 어느 새벽, 나는 앞뒤 안 맞는 말을 술 취한 사람 주정하듯 주저리주저리 쓰고 있다. '겨우' 거울 속의 주름살에 놀라서.

쓰는 게 뭐라고

남편과 나는 신나는 재즈 타임

재즈는 나에게 웃자, 웃자다.

뭔가 스르르르 하다가 엇박으로 웃, 하고 들어간다.

나는 세종대왕님께 정말 감사하다. 한글에 대해서만큼은 영원한 '국뽕'이다. 한글 아니면 어떻게 웃자, 하고 쓸 수 있냐고. 무려 재즈를. 내가 뭐, 내 영어가 짧아서 그런 표현을 모르는지도.

요즘 남편과 나는 재즈 타임이다.

내가 스르르르 하고 하던 대로 가고 있으면 이놈이 웃, 하고 시비를 건다. 내가 하는 말을 뚝뚝 끊고 본인만 떠든다거나, 바쁘다고 잔업을 '던져' 준다.

여기서 던져 준다는 개념을 설명해 본다.

일단 본인은 시간적으로 굉장히 바쁜 사람임을 표정이 어필한다. 너님은 조만간 마누라의 협박 편지를 받을 예정입니다.

한국에서 카톡이 왔다. 친한 동생이 요즘 어린 딸과 나이 많은 남편 데리고 사느라 고생이 많다고 한다(는 뭔 말이냐). 얘 말을 그대로 옮긴 것입니다.

— 언니, 언제 통화 돼요? 내 시간 신경 쓰지 말고 언니 통화 가능할 때 아무 때나 전화해 줘요. —

그래, 시차는 너의 몫.

"아우~ 어언니이~ 내가 요즘 우리 딸이랑 남편 때문에 완전 미치자나아~"

미주알고주알. 너, 연애할 때는 그 남자가 좋아서 강아지처럼 따라다녔다며. 원래 다 살기 전에는 모르는 거란다. 감사하며 살자꾸나. 어허허.

"언니, 우리 남편 어떻게 고쳐? 언니가 처방 좀 내려 봐."

"사람 고쳐 사는 거 아니다. 대한민국 99%의 남자는 일년 데리고 살면 다 똑같다고 생각하자."

"형부는 안 그렇잖아."

"그 형부가 대한민국 1%의 인내심을 가진 여자랑 산다는 생각은 안 해 봤니?"

"아, 맞네. 하하하."

나란 여자, 그런 여자. 인내심 큰 여자. 나에 대한 다짐에 가까운 주문. '너는 인내심 대단한 여자여야만 한다.'로 읽히는 법문.

여자들이여, 남편 때문에 열 받으면 글을 쓰자. 싸워서 뭐해. 걔가 알아듣니? 전화해서 하소연해도 못 알아듣거나 위로 안 될 사람만 주변에 있다면 더더욱 글을 쓰자. 나는 노트와 펜을 사 주며 권한다. 쓰라고. 날짜만이라도 쓰라고. 나처럼 우아하게 욕(?)할 수 있다.

그리고 글빨과 말빨도 점점 늘어서 어느 날 저 인간 찍소리 못하게 할 수 있다.

요즘은 오후에 재즈를 많이 듣는다. 알고 듣는 거 아니다. 재즈 모른다. 그 냥 '듣는다'고요. 우리 애가 예술 알아서 그림 그립니까? 장르 불문, 음악을 좋아서 들어요. 남이라는 글자에 점 하나를 지우고 님이 되어 만났다는 가사 들이 존재하기에 트로트는 기가 막히다. 7080을 들으며 감상에 젖는 그들 을 나는 이해할 수는 있다. 어릴 때 부모님 때문에 그런 노래를 너무 많이 들 었다. 반 강제로. 그래서 저는 트로트만 빼고 다 들어요.

인생에서 내 몸과 마음의 박자는 내가 계획한 대로 착착 되지 않는다. 그 래도 박자를 맞출 준비가 되어 있다면 리듬을 탈 수 있다. 웃자, 웃자 하면서. 그러다 보면 웃자, 웃자 하게 된다.

삶과 직업을 딱 정하고 살아야 하는 건 아니더라고

되든가 말든가 일단 커피부터 마시고. 그게 내 시작.

이전에는 쓰고, 열심히 쓰고, 자다 일어나 쓰고, 귀찮으면 뒀다가 정신 차린 어느 날 노트를 통째로 버리고. 그짓을 초딩 때부터 낼모레 마흔인 지금까지 열심히 했다. 그리고 어느 순간부터는 그게 당연하게 되었다. 왜? 이제까지 그렇게 했으니까. 그런 걸 '습관의 힘'이라고 한다. 나는 아무 생각 없이 버려 왔다. 어제 쓰고 오늘 보면 늘 부끄럽다.

어릴 때의 나는 작가가 되고 싶었다. 읽고 쓰는 게 좋았으니까. 아빠는 얘기했다. 글 쓰는 일은 굶어 죽는다고. 자기 눈에 흙이 들어가기 전에는 안.된.다.고.

이제 아빠 눈에 흙이 들어갔다. 엄마는 재혼을 했다. 두 번째 아빠는 내가 뭐하든 좋다고 하실 것이다. 정말 좋은 분이다. 두 분이 신혼처럼 사신다. 쓴 글을 통으로 책이 되게 할 수는 없겠지만, 통째로 버리는 일은 하지 않을 것이다.

고마워요, 아빠. 덕분에 나는 마흔 전에 다른 일들을 해 볼 수 있었고, 더 오래도록 쓰고 버렸어요. 그 시간이 생각보다 상당히 괜찮았거든요? 반대해 준 아빠 덕분이에요. 물론 그때 열심히 쓰라고 해 줬으면 이미 조정순(조정래 선생님 이름을 욕되게 하였습니다) 정도 되어 있을지도 모르겠지만 후회하지 않아요. 인생은 생각하기 나름 아닌가요.

살면서 반대를 '당하지' 않는 사람이 얼마나 될까. 이제는 반대에 대해 지혜롭고(는 잘 모르겠고) 용감하게 대처할 수 있는 내가 되었다. 괜찮다. 다 괜찮다. 그저 내가 어떻게 할지에 대해서만 결정하면 된다.

요즘 새벽 5시에 일어나는데, 오늘은 3시에 눈이 떠졌다.
남편이 안 피곤하냐고, 애 학교 가면 하지 요란스럽게 난리냐고 그런다. 그것까지 생각할 수 있다면 남편이 아니라 아내일 것입니다. 원래 애 아빠는 그런 거 모른다. 결혼해서 애 낳고 처절하게 키워 본 여자들만 아는 진실. 애와 남편 자는 시간이 내가 뭘 할 수 있는 유일한 시간이라는 거. 그래도 마누라 오래 못 살까 봐 걱정하는 남편이의 마음은 갸륵하게 여겨 주마.

에미들은 알고 있다. 애 잘 때 안 자면 그다음 날 피 본다는 거. 선택의 순간이다. 나는 애랑 둘이 캐나다 스타일로 일찍 자서 애보다 일찍 일어나는 길을 택했다. 할 일이 많아요. 집안일은 기본이고요. 원래 일을 만들어서 하는 스타일이거든요. 영어랑 중국어 생존 공부(캐나다에서 잘 살기 위해 내가 택한 길이랄까)하려고 난리. 바빠서 잘하지 못하지만 마음만은. 한국에서 온 메일에 회신하고. 따로 첨부 파일을 준비해야 하는 게 아니라면 읽는 대로 바로 답장 해 줘야 직성이 풀린다.
요즘은 한국에서 글 쓰던 노트 한 권 가져온 것 중에서(나머지는 다 버려

서 한 권 남음, 이마저 반은 뜯어짐) 떠듬떠듬 글을 고쳐 보기도 하면서 금쪽
같은 새벽 시간을 보낸다. 책도 읽고, 발췌록도 만들고. 시간이 후딱 가지만,
제대로 살아 있는 기분이다. 나는 요즘 파닥파닥. 아, 제주도 활어회로 만든
초밥 생각이. 캐나다는 활어가 없어.

나는 내가 하고 싶은 것과 해야 하는 일 사이에 균형을 더 맞추는 방법을
열심히 찾기로 했다. 그리고 그 뻐근한 과정을 즐기기로 했다. 결과를 선택할
수 있는 능력은 누구에게도 없지만 지금 내가 할 수 있는 일을 선택적으로
할 수는 있다. 나는 과정에 대한 몰입이 즐겁다. 활어가 먹고 싶어서 내가 활
어가 되었다. 나는 살아 있다.

어릴 때는 '남들이 보기에 멋진 회사나 직업'에 나를 넣고 싶었다. 지금은,
내가 하고 싶은 일들을 나에게 넣어 주기로. 잘하는 일, 하고 싶은 일 균형 맞
춰 하낫뚜울 하낫뚜울 해 가면서. 이렇게 단어를 늘려 쓰고 있으면 세종대왕
님께 감사하게 된다. 어쩜, 한국어는 진짜 어썸(awesome)! 나 보기가 역겨워
가실 때에는 말없이 고이 보내 드리오리다, 이런 구절은 영어로 죽었다 깨도
못쓰지. 문단? 한글은 여기 있다가 저기 갔다가 다시 돌아와도 '어머나 돌아
왔네?' 할 수 있는데, 영어 문장이 그랬다가는 영영 고향 땅을 못 밟는다. 그
래서 걔네가 그렇게 주어에 집착하는 거다.

요즘 외워지지도 않는 영어를 공부를 한답시고 끄적거리고 있으니 한글
의 아름다움만 눈에 들어온다.

글을 쓰는 이유

이 제목에 대해 생각해 보기로 했다. 늘 생각하기는 하는데, 생각만 하면 먼지같이 슈욱 하고 날아가니까 오늘은 쓰면서 생각해 보기로 한다. 좋아. 원래 사람은 생각한 것을 써야 '제대로 생각 시작'이다. '오늘부터 사귄 지 1일' 이런 느낌?

'내가' 글을 쓰는 이유.

딱 생각 나는 단어, 생존 본능. 어릴 때부터 너무 쓰고 싶었고 그게 지금까지 지속되었다. 물론 계속 써 왔다. 그리고 버려 왔다. 허허허허. 잘못은 주인에게 물어야지 왜 글에게 묻나. 제가 쓰레기통에 들어갈 수는 없잖아요.

나는 초등학교 때도 시키지 않아도 알아서 일기를 쓰는 대단한 초딩이었다. 내가 글씨라는 걸 쓸 수 있다는 게 신기했던 것 같다. 그 일기를 다 모아서 책을 한 권 만들었었다. 《안네의 일기》를 읽고 감동받았기 때문이다. 물론 나는 유대인도 아니고, 그런 슬픈 사연 속 비련의 어린이로 인생을 마칠 것 같지는 않았지만, 굳이 따지자면 인생이 비련하긴 비련했다. 가난하면 비련한 거다. 그런데 뭐- 어릴 때 한번쯤은, 비련의 여주인공 되고 싶어 하잖아. 일기란 단어 자체가 주는 느낌이 그랬다. 내가 유일하게 주인공이 될 수 있는 무대이기도 했다.

그 일기장은 직접 공주님 그림을 그려서 하드커버(표지에다 그림 그려서 노트들을 모아 붙이면 된다)로 제작했다. 그때 유행하던 오로라 공주라고 있다. 그 공주님이 나라고 생각하면서 그렸으니 그림이 훌륭했겠나. 중학교 때 다른 집으로 이사 가는 중에 발각되었다. 동생이 몰래 읽고는 대놓고 '개무시'했다. 열 받아서 버렸다. 흥, 기억 못하겠지. 나 놀려 먹은 거. 안 그래도 엄마 아빠는 내가 문인이 될까 봐 공포에 떨고 있었다. 백일장 나가면 늘 상을 받아왔는데 엄마가 어느 순간부터 기뻐하지 않았다.

쨌든, 문자를 '쓸 줄' 아는 인간이 되었을 때부터 나는 글을 썼다. 그때부터 지금까지. 그럼 나는 왜, 그토록, 하염없이 썼을까. 그게 중요하다. 그걸 내가 스스로 알아내야 앞으로 쓰거나 말거나 할 거니까. 지금 하는 꼴로 봐서는 영생토록 쓸 것 같다. 그러니까 왜?

일단 내가 너무나 좋아한다. 이 짓을. 안 쓰면 죽을 것 같아서? 로미오와 줄리엣은 우리 좀 이따가 만납시다 하고 잠시 헤어질 수 있었는데 나는 그거 못하겠다. 나는 읽고 쓰는 것에 대해서 강박적으로 좋아한다. 그러면서도 읽은 고전들을 족족 잊어버린다.

《데미안》을 읽고 감동받아서 어, 어, 어 했으면서 마지막 장에서 입 맞추는 것밖에 기억하지 못한다. 《감자》를 읽고 어느 대목에서 울었는데 어느 대목인지는 울면서 잊어버렸다. '계집애가 여간 잔망스럽지 않아.'가 나에게는 《소나기》이다. 소나기가 오면 그 아줌마 목소리만 들린다. 신영복 선생님 책을 읽고 아아, 이런 분이 계셔서 우리나라는 만세야 할 수는 있어도 내가 그렇게 살지는 못한다. 성경을 읽으면 살아 움직인다. 숨이 턱턱거리면서 새사람이 된 것 같지만 내일 읽으면 어제 그 사람이다. 늘 제자리에서 뛰는 것 같다. 쳇바퀴 도는 다람쥐 아기 다람쥐가 저예요. 우리 정숙이는 《어린 왕자》를 보고 '얘는 아무리 봐도 좀 이상한 애 같아요.' 하는데, 나는 '어떻게 하면 내가 사랑하는 이 소년을 변호할 수 있을까?' 하고 찾는다. 얘는 네가 생각하는 그런 애가 아니야. 내가 얘를 사랑하는 이유는 말이다, 하고. 그 사랑에 이유 찾고 있으니 한심하다.

솔직히 말하자면, 이런 생각을 하는 내가 더 한심하다. 그러나 나는 이런 걸 한다고요. 하는 걸 어쩌란 말이냐.

봉준호 감독이 자기는 계속 관찰하고 생각하는 고로 변태라는 단어를 썼다. 장롱에 채찍은 없다니까 믿어 드리기로 한다. 그럼 나도 변태인가. 봉준호 감독은 하늘에 있는 것 같은데 변태라는 단어는 내 곁에 있는 것 같아 마음이 심히 불편하다.

머릿속으로 가스밸브 하나를 그린다. 그건 내 생각을 잠그는 밸브다. 그걸 힘 줘서 꾸욱 잠근다. 나는 그런 생각을 어릴 때 많이 했다. 아, 이런 쓸데없는 생각은 그만하고 자고 싶다. 흡혈귀 루디거는 잊고 싶다. 초등학교 4학년 때까지 나는 외계에서 교신 오길 기다리는 외계인이었다. 연락이 올 것만 같은데 어쩌란 말이냐. 그때는 내가 우리 별로 떠나면 우리 엄마가 슬퍼할 것 같아서 울었고, 그게 사실이 아니란 걸 깨달았을 때는 한심해서 울었다. 어제는

ET를 보고 울었다. 파도야 어쩌란 말이냐. 나는 그런 사람인 것을.

나는 읽고 쓰는 게 붙여야 할 취미라거나 어떻게 하면 잘 읽을까, 뭐 이런 거 고민할 단계가 아니라는 것에는 안도한다. 읽지 말라, 쓰지 말라고 하면 괴롭지. 하라고 하면 방에 가둬 놓고 책과 부드러운 빵과 커피만 넣어 주세요. 아, 때에 따라 원하는 음악은 들어야 해요. 가족을 돌보고 일하느라 바쁠 때는 그러고'만' 싶을 때가 있었으니까. 물론 지금도.

돈이 많이 드는 건 선택하기 어렵다. 돈이 없으면 못할 일도 많았다. 나는 가난했다. 아, 정말이지 읽고 쓰는 즐거움만은 나에게서 뺏을 수 없었다. 그렇지만 우리 부모님을 대놓고 실망시킬 수도 없었다. 읽고, 쓰고, 버리고 살았다. 후회는 없다. 그것도 효도라고 친다면. 그러나 앞으로도 '이 신나는 노릇'을 버리고 산다면 나 자신에게 실망할 것이다.

몇 주 전에 타냐가 생일 밥이라고 사줬는데 다 먹지 못하고 많이 남겼다. 내가 웃으며 이걸 우리 엄마가 보면 기절감이라고 했더니, 타냐가 나에게 말했다. "엄마한테 얘기해. 엄마, 여기는 캐나다야."라고. "너도 멕시코에서 살 때 엄마 보는 데 밥 남겼니?" 하니까 "우리 엄마도 당연히 싫어하지." 하고 웃는다.

엄마들은 그렇다. 아이들은 '엄마를 위해서' 밥을 남기지 않고 먹을 때가 더 많다. 아마도 효도의 첫 걸음. 맛있는 반찬이 있었다면 먹지 말라고 말려도 먹었을 거야. 아마도. 밥을 먹었으면 먹었지, '먹어 치우는' 건 싫다고. 쨌든 난 효녀라고 치겠다. 엄마. 눈 나쁜 우리 엄마가 내가 책을 쓴다고 해서 읽

쓰는 게 뭐라고

는 일은 없겠지만. 이제는 엄마가 좋아해 줄 것 같아. 내 어릴 적 엄마보다 나는 이제 나이를 더 먹었으니까. 괜찮지?

어릴 적 나는 나중에 작가가 되면 아무도 모르게 '남자 필명'을 쓰고 죽을 때까지 책을 써야지, 그런 꿈을 꿨다. 우리 엄마 아빠나 친구들도 내가 작가인 것을 모르게 숨어서 쓰고 책을 내야지. 아, 스릴 넘쳐. 평생 그렇게 살아야지. 어떻게 그런 생각을 했는지 참 기특하다. 그 나이에 '평생'이라는 단어를 안 것도 책 덕분이다.

물론 나는 변덕쟁이였기 때문에 꿈은 수시로 바뀌어서 초등학교 4학년 때는 탐정이 되고 싶기도 했다. 셜록 홈스 전집을 읽었기 때문이다. 에디슨 전기를 읽었지만 내가 전구를 발명할 수 있다고 생각하지는 않았다. 에디슨은 전구와 함께 천장에 대롱대롱 매달려 있었지만 나는 그걸 켜기 위해 스위치 옆에 서 있는 사람일 뿐이었다. 초등학교 3~4학년 때는 내가 평생 읽을 전기는 다 읽었다. 지금 생각해 보면 전기만큼 사기성 짙은 글도 없다.

선생님 칭찬 한마디로 꿈은 화가가 되기도 했고, 커피 맛에 빠져 있을 때는 바리스타가 꿈이었다. 선생님이나 공무원이 된 적은 한번도 없었다. '선생님이라고 써.'라는 말은 들어봤다. 나에게 공직이란 단어는 에디슨과 똑같다. 참 멀다.

지금의 나.

상담도 하고 강의도 하고 애랑도 놀고 남편 밥도 해 준다. 시간 타령하며 외국어 공부도 하는 척하고. 가아끔 외쿡인 친구들에게 한국어를 한마디씩 가르쳐 준다. 커피를 마시고 책을 읽어 가면서 글을 쓴다. 글을 쓰면서 심장이 쫄깃해지면 껌을 짝짝 씹어 가면서.

낼모레 마흔, 쓰고 싶어서 쓴다

제목만 써도 팔에서 긴장이 주르륵 풀리는 느낌이다. 아, 시원해. 나 이제 쓰고 싶어서 쓴다고 말할 수 있는 만큼 용기가 생겼다. 하고 싶은 걸 하는 게 뭐가 나쁜가. 나는 이제 안 쓰고 싶을 때까지 쓰면서 살겠다. 그렇게 말하면서도 자꾸 숨어 쓰는 것 같은 기분이지만. 남편이 나가거나 자는 것이 확인되어야 쓰고 있지만. 허허허허.

나는 집중해서 연주하는 사람을 보면 심장이 두근거린다.

집중해서 노래하는 사람보다 악기 다루는 사람이 섹시한 이유는 내가 못하는 걸 하기 때문이다. 나는 쓰고 있을 때 가장 깊이 들어간다. 고로, 쓰고 있을 때가 가장 섹시하다. 굳이 솔직하게 말씀 드린다면, 헐렁한 체력과 정신을 가진 '헌 색시'입니다. 글을 쓸 땐 파닥파닥 살아난다. 치타는 야생에서 뛰어다녀야지, 동물원에 있으면 처량하다. 처음에 강의할 때, 상담할 때, 연애할 때, 나는 늘 그렇게 파닥파닥했었나? 물론 그렇긴 했는데, 그 '파닥파닥'과 이 '파닥파닥'은 다르다. 왜냐하면 타인과의 '접촉면'과 '상황'이 달라서 그렇다. 이렇게 모호한 말은 책임감 없지만 뭔가 멋있어 보인다.

남의 면상을 앞에 두고 '어이쿠, 그러시면 곤란합니다.' 하기가 쉽지 않다. 그런데 글로 쓰면 '아 진짜, 그거 아니거든요?' 하고 확실하게 진실할 수 있다. 원래 사람은 자기 자신과 단둘(?)이 있을 때 솔직해질 수 있는 것. 그때조차도 내려놓을 수 없다면 불행한 사람이다. 아니, 불쌍한 사람이다.

  평생에 최소 한번쯤, 그 순간이 온다. 다 내려놓고 알맹이인 나와 조우하고 싶은. 그 자유를 제대로 만나고 나면 나는 앞으로 그 친구와 쭈욱- 가고 싶어진다. 많이 덮지 않아도 되고, 입지 않아도 되니까 가볍다. 훨훨 날 수 있다. 나는 나와 만나서 글을 쓴다. 물론 글 쓰는 자아와 내가 분리된 것 같을 때도 있고, 하나인 것 같은 때도 있고. 내가 되었다가 허구가 되었다가 허구가 내가 되었다가 한다. 아아, 이제는 그렇게 쓰면서 살겠다. 오락가락 궁금해하고 어려워하면서도 내 쓸 말을 쓰면서. 이 순간, 나는 행복하다. 글 쓸 때의 나는, 남이 보면 딱 미친년이다.

쓰는 게 뭐라고

노르웨이의 숲

이 책을 쓴 작가는 일본의 자랑이자 유명인이다. 누구라고 얘기하지 않겠다. 너무 유명하니까. 한국에도 고정 팬이 많다. 나는 사실 이 작가의 책을 한 권도 읽지 않고 인터뷰 및 생활 습관에 대한 내용만을 읽고 감명을 받았다. 그렇게 부지런히도 단순히 자신을 단련하며 글을 쓰고 살다니. 퉁명스럽지만 할 말을 깔끔하게 다 하는 인터뷰 내용을 보고 정말이지 만나고 싶지는 않지만(너무 대단하면 나는 무섭다), 당신은 정말이지 대단하군요 하면서 물개박수를 쳤다. 그러면서 슬그머니 그래 이제 됐고, 한번 읽어 볼까 하는 마음이 되었다. 범인(凡人)의 수준이란 이런 거다.

검색 끝에 '그의 글을 읽으려면 이 책을 제일 먼저 읽어야 한다.'라길래 인터넷으로 두근두근 주문하고 말았다. 팔랑팔랑하면서. 문제는 이 책에 대한 댓글 중에 엄청 야하다는 글을 본 것만 내 뇌리에 남았다는 것이다. 어허. 그렇다면 고마워요. 더더욱 나는 밥도 안 먹고 열심히 읽을 수 있을 것이에요.

책을 받았는데 표지가 어마어마하게 마음에 들었다. 세로선이라니. 색감 좀 보소. 쿵쾅쿵쾅하게 책은 멋있었고, 내용은 자주 야했다. 내가 이해할 수 없는 것은 왜 남자 주인공이 왜 그렇게 열심히 이 여자 저 여자와 야한 짓을 했냐는 것이다. 방황은 꼭 그런 형태여야 할까? 그리고 아는 사람 친한 사람 모르는 사람 모두 거쳐서 다 그 짓을 했다는 게 젊은 날의 방황인가? 흠흠, 그런 방황이라면 좀 부럽소. 그래도 되는 것이오? 남자 주인공의 '그 짓 추적'을 하다가 내 머리는 지쳤다. 주인공 이름조차 잊었다.

이 책에서 마음에 들었던 장면은 제일 마지막 페이지에 있다. 어딘지 모르는 곳에서 '미도리'를 불렀다는. 그 장의 모든 표현은 정말이지 마음에 든다. 다행이다. 찢어서 책상 앞에 붙여 놓으려다가 너무도 깨끗한 상태의 책이 아까워서 야성미를 사랑하는 문현주에게 선물로 드렸다.

그 책은 아름다운 표지와 마지막 장만 나에게 남기고 '허허허, 그거 야한 책이야.'로 남고 말았다. 그러나 '표지'와 '마지막 장'만 마음에 들어도 '충분'하다. '한 단어'만 남아도 읽은 거다. 나는 예술을 모른다.

스물아홉이면 성공했을 줄 알았다

아니면 이미 죽었거나. 보통 천재는 단명하니까, 내가 비운의 천재라면 서른 전에 죽어야 정상이다. 그러나 잘하는 거라곤 하나 없던 나는 부실하고 길게 살아남아 어느덧 서른아홉이 되었다.

보통 대학생들이 그러하듯, 나도 스물아홉이면 성공해 있을 줄 알았다. 왜 그게 스물아홉인지는 모르겠다. 서른 전에 성공해야 한다는 강박이 대학생 사이에는 있다. 어른들이 보기엔 우습다. 하아, 그런데요. 난 지금 봐도 하나도 안 우습다. 어른 되려면 멀었다.

스물아홉, 회사에 다니는 중에 소위 말하는 '투 잡'으로 강의를 시작했다. 성공이 아니라 '새로운 시작'이었다. 일을 만들어서 하는 게 취미랍니다. 시간이 흘렀다. 열심히 살았다. 강의를 하다 보니 상담을 요청하는 사람이 늘어났다. 줄을 서세요. 모가지 잡혀서 상담하고 배우고 자시고 하는 지경에 이르렀다. 그분들은 나를 발전시켜 주었다. 그도 모자라 먹여 살렸다. 참 고맙다. 내 강의에 참석해 주고, 상담해 달라고 나를 찾아준 그분들이. 캐나다에 와 있는데도 우리 딸에게 연락해 주시면, 하는 그 무한 신뢰가. 뭘 보고 저에게 자꾸 딸을 맡깁니까, 어머님.

하루키 책을 검색해 보다가(늘 이 아저씨는 어려워, 어려워하면서 왜 검색

하는지 모르겠다) 꽂힌 단어. 29살.

'예스 24'에서 검색했어요

어머, 오빠도 29살 때 번쩍하셨군요. 시작하기 참 좋은 나이예요. 저는 29 살에 강의를 시작하고, 39살에 책을 쓰기 시작했답니다. 뭐라도 묻어가고 싶 은 일반 사람 마음 따위는 모르게 생기셨습니다만.

쓰는 게 뭐라고

누구의 인생이나 극적이다

이전에는 책을 '내는' 사람들이란- 대단한 사람들, 이렇게 생각했다. 아니면 글빨 터지는, 글 '잘' 씹어 '잘' 소화하고 '잘' 정리하는 문장가들. 위대한 예술을 하는 사람들은 시대적으로나 삶에 뭔가 '한 방'이 있는 사람들이었다고. 글은 재능이 알아서 써 주는 거라고.

애한테 줄 베이컨을 굽다 말고 깨달음이 왔다. 흠, 베이컨을 굽다 말고도 그런 게 올 수 있답니다. 계속 생각을 하면요. 별것이 다 옵니다.

지금 이 시대, 내 상황도 100년이 지나고 나면 어딘가에서 누군가에겐 극적일지도 몰라. 갑자기 어느 다락방 같은 곳에서 옛날 보물 지도가 나와서 '떠나자!' 하듯이. 100년 후의 어느 인간이 내 글을 보고 '어머나, 과거에는 아줌마라는 족속이 숨어서 글을 쓰기도 했어.'라는 대발견이 이루어질지도 모른다. 지금 변화 속도와 상태(!)라면 로봇이랑 인간이 결혼해서 개를 키우고 있을지도 모르니까. 쉬지 않고 발전이란 걸 해내는 지금 속도를 보면, 뭘 상상하든 예상이 맞는다는 보장이 없다.

인류로 분류되는 아줌마가 자기가 직접 생산한(낳은) 딸에게 먹이로 줄 베이컨을 뜯고 있단 말이다. 허난설헌같이 비련하고 처절하게 살 자신은 없지만, 글은 쓰고 싶다. 커피는 언제 마셨는지 온데간데없는데 집에 커피는 떨어졌고 밖은 폭설로 마비(?) 상태. 이보다 절박할 수 있단 말인가요. 누구의 인생이나 생각하기 따라서는 정말 극적이다. 일단은 그렇다고 치고 쓴다.

나는 요즘 쓰는 데 완전 맛 들였다. 그리고 '극'이라는 건 종류가 많다. 요즘 한국은 '막장'이 유행이다. 그러거나 말거나 나는 그냥 가정 드라마에서 지나가는 한 장면을 쓰고 있다. 문제는 내 글에는 항상 '지나가는 한 장면'만 있다는 거다. 뭐 대단한 게 없다. 나는 평범함을 사랑한다. 다른 사람들은 어떤지 잘 모르겠다.

생각하기에 따라 백수에게는 취직이 극적인 게 되기도 한다. 모든 사람이 여태껏 죽어 왔으니 사람이 죽어 나가도 평범하다고 할 수 있다. 각 사람의 생각이란 대단한 '편집의 틀'이다. 완벽하게 같은 인간이란 없기에 완벽하게 같은 틀도 없다.

나는 가정 드라마 어딘가에서 이렇게 극적으로 베이컨을 구웠다. 온 집에 개 같은 날의 오후 냄새가 한가득.

꽃길만 걸어요

한동안 많이 왔던 문자.

"꽃길만 걸어요."

알았어요.

이제는 꽃길을 보여 주세요. 호호호.

나도 꽃길만 걷고 싶다고요.

그런데요, 왜 제 길에는 꽃이 없어요? 꽃길이라며.

일단 당황한다. 알겠으니까 이제 꽃을 보여 주세요.

잠깐 두리번거리다가 하아, 한숨.

깨달았다.

그 꽃을 내가 심어야 하는구나. 내 길은.

당연하지만 잠깐 눈물이 찔끔 나는 건 어쩔 수 없다.

흠, 그래요. 어디 봅시다.

다른 사람의 꽃길 잠시 부러웠지만, 에헴.

난 내가 좋아하는 꽃을 심으렵니다.

자알 보세요. 내가 뭘 심었는가.

나는 지금 씨를 심는 중이다.

만발한 꽃 사이로 난 오솔길 걷는 상상을 하며.

조만간 제 꽃길로 놀러 오십쇼.

너도 지금 심으면 좋겠네. 서로 오며 가며 보자고.

쓰는 게 뭐라고

두통

너무 많이 읽고 쓰고를 반복하면, 어느 순간 두통이 밀려올 때가 있다. 헛구역질이 나기도 한다. 체력적으로 한계가 와서. 어릴 때 웅변 원고를 외울 때도 이런 느낌이었다. 나는 초등학교 3학년 때부터 중학교 2학년 때까지 해마다 웅변대회를 나갔다. 처음 시작 1년을 제외하고는 원고도 스스로 썼다. 매번 토하면서 왜 그걸 했는지는 기억이 나질 않는다. 나라는 인간의 기억 자체가 '메멘토' 수준.

자려고 누웠는데 밀려오는 이 두통을 풀어 설명해야 잠을 잘 수 있을 것 같다. 내가 이딴 걸 왜 설명하려고 드는지는 역시 모른다. 읽고 쓰는 게 싫어서가 아니고. 그게 아니고. 이 두통이 어떤 느낌이냐면요.

뭐랄까, 두개골 안에 있는 쭈글쭈글한 애한테 근육이 쫘악- 하고 생기는 기분이랄까. 쫘악- 하면서 근육이 들러붙으면서 뇌를 늘리는 기분. 왜 그런 거 있잖아. 어릴 때 '마스크 맨' 같은 거 보면 '레드'가 변신하고 '옐로우'가 변신할 때 옷이 쫘악 변하면서 쫄쫄이가 입혀지는. 그 오감을 뇌가 덧입는다. 변하지 않는 진리는, 어떤 '맨'시리즈라도 '레드'가 항상 고뇌하는 리더. 참 상징적이다.

요즘은 자기 전 이 시간쯤, 머릿속이 '뻐근'하다.

오늘은 이만하자. 과로가 누적되었다. 글 쓰기는 엉덩이로 한다는데 내 생각에는 일부만 맞다. '엉덩이에게'만 영광을 돌린다면 다른 신체 부위들이 서러울 기세. 글은 온몸으로 쓴다. 먹고 싸고 자는 시간만 빼고 글을 써 보면 안다. 어깨에도, 목에도, 손가락에도 '두통'이 온다.

쓰는 게 뭐라고

리추얼

캐나다는 새벽부터 시작하는 나라다. 대부분의 집이 그렇다. 새 나라의 어린이와 어른이는 캐나다에 산다. 한국의 밤 문화가 캐나다에는 없다. 일찍 자고 일찍 일어나지 않으면 이 '캐나다 세상'을 살아내기 힘들다. 여자들은 더 그렇다. 남편과 애가 있으면 도시락을 싸야 한다. 다 그렇지는 않겠지만 남녀평등 어쩌고 해도 보통 이 일은 여자들의 일이라는 게 신기하다. 캐나다에서조차 그렇다.

여긴 한국에 있는 '학교 급식' 같은 편리한 체제를 갖추지 못한 나라다. 도시락을 싸면서 이거 싸 줄 부모나 가족이 없는 아이들은 어떻게 하지, 그런 걱정을 한다. 아이를 키우면서부터는 내 새끼도 잘 크고 남의 새끼도 훌륭하게 크길 바란다. 너도, 나도 잘 자라야만 왕따나 학교 폭력 등의 쓰레기 같은 문제가 사라질 것이다.

어쨌든, 새벽에 일어나 도시락을 싸 주고 남편이를 보내면 어린이 하나가 남는다. 요놈까지 보내고 나면 말은 내 시간이지만 '오롯이 내 시간'으로 쓸 수 없다. 일해야지. 이게 문제다. 나만을 위한 시간이 필요하다. 종이에 써 가며 고민한 끝에 결국 일찍 자고 일찍 일어나는, 내가 별로 좋아하지 않지만 그게 결국 나에게는 정답이고 이 나라의 순리인 길을 택했다. 4, 5시에 일어나야 '뭐라도' 할 수 있다.

책 읽고 글 쓰는 거, 그건 꼭 하고 싶다. 여기서 생존하려면 영어, 중국어도 해야 한다. 물론 이것은 선택형인데, 그런 거 못하고 여기서 조금 불편하게 10~20년 산 사람들도 많다. 그런데 내가 '하는 쪽'을 선택하고 싶을 뿐이다. 잘하고 못하고를 떠나서 '그때 할걸…' 하는 후회를 안 하고 싶다는? 나는 원래 닥치면 보통은 하는 쪽을 택하니까. 그런데 일찍 일어나서 글을 쓰니까 손목 관절이 더 아픈 느낌? 늦게 쓰면 덜 아픈가? 그건 모르겠다. 일단 선택의 여지가 없으니 잊어버리기로 한다.

어느 날 문득 깨달은 건데, 사람이 나이를 먹어서 아픈 게 아니고 보통은 젊을 때부터 아픈 것이 나이 들 때까지 차곡차곡 저축되고 나이가 들면 점점 더 낫지 않고를 반복하다가 종국에는 '매일 아픈 몸의 형태'가 완성(?)되는 것으로 확인된다. 그리고 애를 낳고 키우거나 몸 쓰는 일, 혹은 특정 자세로 하는 일 등을 하면 당연히 나이 들어 더 망가진다.

이렇게 써 놓고 오른손으로 왼손을 주무른다. 아 진짜. 벌써 아프면 어느 세월에 글을 쓰고 어느 세월에 책을 팔아서 커피를 사 먹으며 남의 책을 산단 말인가 한탄하면서. 그렇지만 할 수 있겠지. 나는 이제 새벽형 인간(이 되려고 노력하는 인간)이니까.

남편 도시락을 싸 주고 나서 브리오슈(식빵인데 설탕과 버터를 발라 구운 듯한 달짝지근한 맛이 난다)를 토스터에 넣고서 냉장고에서 땅콩버터를 꺼낸다. 커피 물을 올리고 준비하다 보면 탁, 하고 빵이 튀어나오는데 그 순간

쓰는 게 뭐라고

이 호오, 하고 좋다. 따뜻한 빵을 접시에 놓고 땅콩버터를 바르면 완전 복불복이다. 이놈이 꾸덕꾸덕하다 보니까 어떤 날은 잘 펴 발라지고, 어떤 날은 동그랗게 눈덩이처럼 되어 빵을 짓누르기만 한다. 뭔가 억울하다. 빵도 따뜻하고 내가 너를 얼마나 잘 대해 주는데 안 펴지고 난리더냐. 나는 고르게 펴 바르고 싶단 말이다.

그러나 그건 아직 내 기술로 해결되는 문제가 아니다. 내가 산 땅콩버터가 하필이면 오가닉(인 줄 모르고 샀음)이어서, 원래 그게 잘 안 펴진단다. 고소한 맛도 덜한 놈이(이것은 순전히 고른 사람이 무지한 죄) 펴지지도 않아.

하지만 수동의 형태인 그놈을 능동인 내가 어찌할 수 없는 입장이라면 굽히고 들어가야 한다. 그냥 그 상태에서 대에-충 누른 다음에 빵을 반으로 접어서 최대한 비비고 어쩌고 해서 편다. 모양새가 뭐 그리 아름답지는 않다. 그걸 커피랑 먹는다. 잘 펴져서 예쁘게 먹으면 더 좋겠지만 아쉬운 대로 그렇게 먹는다. 오늘은 피곤하고 할 일이 많으니까, 보통은 한 장을 먹는데 두 장을 먹었다. 한 장은 곱게 먹고 한 장은 반 접은 모양으로 덜 곱게 먹었다. 식빵을 접고 안 접고가 뭐 그렇게 중요한가. 그래도 나는 안 접고 펴서 먹는 걸 좋아한다.

그래, 인생이 내 맘대로 되나. 가끔 이렇게 굽히고 들어갈 때도 있는 거지. '땅콩 알레르기' 있어서 이런 맛있는 걸 못 먹는 사람도 많다, 캐나다에는. 내 친구 타냐 딸은 땅콩 알레르기 때문에 실려갈 뻔하기도 했다. 접어서 먹는 것쯤이야.

사람은 왜 나보다 불행한(?) 사람을 보면서 안도하고 감사해야 하는 건지 모르겠지만(그리고 나만 그런 건지 모르겠지만), 어쨌든 나는 오늘부터는 새 사람이 되어서 식빵을 접어서 먹어도 감사하기로 했다. 아멘.

피넛 알레르기가 없어서 다행이다. 비염도 있고 피부 건조증도 있지만, 피넛 알레르기가 없어서 아침에 피넛 버터 바른 브리오슈와 커피로 아침을 시작할 수 있어서 참 다행이다. 가장 다행인 것은, 내가 '다행이라고 생각할 수 있어서' 다행이다. 생각과 태도가 제일 중요하다. 아멘.

맨날 똑같은 얘기 하는 이유

대학생들이 남자 친구, 여자 친구 얘기만 하는 이유.

아줌마들이 모이면 매일 남편, 아이 얘기, 더러는 시댁 욕만 하는 이유.

우리 엄마가 맨날 똑같은 말 하고 또 하고 하는 이유.

생각해 본다. 이 흔한 도돌이표에 대해.

아, 할 말이 그거밖에 없어서 그렇구나. 소재가 더 있으면 당연히 다른 말도 나오겠지. 단조롭고 반복되는 일상. 뭐, 나라고 크게 다르겠냐마는. 만나는 사람도 중요하고 코드도 중요하다. 그리고 새로운 것에 대해서 배우는 것은 더 중요하다. 그래야 말 그대로 '신(新)소재'가 나온다. 맨날 하는 말이 똑같으면, 매력 없다.

흠흠, 그래도 오마니들 얘기는 잘 들어드려야 한다.

효도, 어렵지 않아요.

머리를 쥐어 패고 싶다

전화 영어 2일째. 선생님과 통화를 끊고 소리를 지르니 양씨(남편과 딸)가 일동 기립. 박수받을 뻔.

머리 좋지 않은 줄은 알았는데 시원스쿨 기초를 작년에 다 들었는데도 말을 못한다. 10분 내용 공부에 한 시간 걸리는데 잊어버리는 건 3초면 가능. 금붕어인가.

저는 이왕이면 고래상어가 되고 싶어요. 뭐 대단하게 잡아먹을 것 같이 생겨가지고는 플랑크톤이랑 크릴새우만 먹잖아. 저라는 인간은 풀만 먹게 생겨가지고 육식만 하는, 으르렁거리는 사람입니다만.

중국어 첫 수업 시간이 생각난다.

교수님은 영어도 한국어도 안 되고 중국어로만 얘기하라고 했다. 어떻게 알아들었냐고? 특수 고등학교에서 중국어 3년 공부한 내 옆 아이가 해석해 줬다. 다 아는 말을 배우러 너는 왜 온 것이냐. 다시 질문이 날아온다. 칠판이 무슨 색이냐? 물론 옆에 앉은 인간 통역기가 알려 줬지. 나는 반항심으로 자란 삐뚤어진 놈이라서 크게 '블랙'이라고 대답했다. 혼났다. 중국어를 못하니 그보다 쬐끔 낫지만(?) 낫다고 하기 민망한 영어가 고개를 들었다. 원래 그런 거다. 영어가 1언어가 아닌 곳에 가면 당신도 자동으로 잘 못하는 영어 나온다.

쓰는 게 뭐라고

중국어 회화 수준은 초급과 중급 사이. 완전 사랑과 우정 사이. 그 수준이 되어 영어 공부를 하니 이제는 영어로 말하려고 할 때 중국어가 튀어나온다. 어설픈 것들은 늘 이렇게 깡통처럼 튀어나오려고 안달한다. 이 어설픔을 마음으로 극복하기 전까지는 머리를 쥐어 패면서 공부할 수밖에 없다. 그런데 마음만 앞서고 시간 참 없다. 이러면서 나는 왜 자꾸 언어를 배우려고 기를 쓰는가.

일본어를 처음 만난 건 동생이 알려 준 불온한(?) 일본 음악들 때문이었다. 한국에는 없는 굉장한 발음들과(당연하잖아?) 노래들. 여성 보컬들의 별 굴러가는 듯한 귀여운 목소리. 순간 완전히 반해 버렸지만, 나는 부를 수 없다. 다 잊어버렸다. 음만 기억나고 가사는 기억나지 않는. 애를 낳고 나면 여자들은 뇌에 강력한 문제가 생긴다. 건망증이라는 가벼운 단어로는 이 경박한 현상을 다 설명할 수 없다. '잊어버리기에 홀린 것 같은' 느낌적인 느낌. 허허, 이렇게 공부를 하거나 말거나 '다 잊어버리고 마는 병'에 걸렸다. 계속 잊어버리면서 공부한다. 소화불량에 걸린 소가 되새김질을 하고 있어요. 태도만큼은 부끄럽지 않다만, 자꾸 잊어버려서 '나 공부한다'고 말하기에는 심히 부끄럽다.

머리가 나쁜 걸까요? 좋아한다고 말하면 뭔가 잘 알아야 되는 것 같은 분위기가 있잖아요. 나 요즘 중국어 공부해, 이러면 욜- 중국어 잘하는구나. 이런 느낌 말이여. 세상에 결과만 있나요? 과정도 있답니다. 과정이 중요하다고 하면서 왜들 결과만 보고 있나요? 잘 잊어버리면서 하고'는' 있답니다.

공부는 야금야금해야 제맛이지요.

명언이다

소크라테스가 말했다.

"나를 화나게 했던 행동을 다른 이에게 행하지 말라."

그래서 나는 남편의 말을 안 자르고 끝까지 들어 준다.

"반드시 결혼하라. 좋은 아내를 얻으면 행복할 것이고, 악처를 얻으면 철학자가 될 것이다."

나는 남편과 결혼해서 본격적으로 글 쓰는 여자가 되었다.

"무지를 아는 것이 곧 앎의 시작이다."

안타깝게도 남편은 아직 앎을 시작하지 않았다.

그리고 나랑 결혼했기 때문에 철학자 되기는 글렀다.

여자는 약간의 '자뻑'과 남편과 나를 유머 코드로 삼을 줄 아는 능력(?)이 있어야 행복한 결혼 생활을 누릴 수 있어요. 사랑해 여보. 오호호호.

모든 순간이 소중하기에

나는 일단 한다. 고민 오래 하지 않는다. 머리가 나빠서 오래 고민하면 버퍼링 걸려서 그렇다. 그게 나의 좋은 습관 중 하나다. 뭘 잘하기를 바라기 전에, 그냥 일단 하는 것. 그리고 좋은 습관이 몸에 붙으면 잃지 않으려고 노력하는 것. 그게 내가 좋아하는, 나의 습관이다. 남들이 고민하는 시간에 내가 왜 그걸 겁 없이 했나 하며 '해 놓고 실수를 후회하는 정도의 스피드'를 가지고 있다.

물론 '그냥 하는 것'이 쉽지 않다. 뇌가 없는 것처럼 실행해야 한다. 다섯 글자로 이렇게 말한다.
일.단.해.보.고.
그다음 다섯 글자는?
안.되.면.말.고.
선택도 책임도 나의 것.

좋아하는 사람이 생겼다고 치자. 이 사람한테 말을 걸까 말까. 편지를 쓸까 말까. 선물을 할까 말까. 고민하는 3박 4일 동안, 딴 놈이 채간다. 여자들은 중요한 순간에 박력 있는 남자를 좋아한다. 흠. 나는 박력 있는 여자다. 그게 더 곤란하다. 박력 있는 여자는 남자가 좋아하지 않는다. 여자가 좋아한다. 더더욱 곤란하다. 여기는 캐나다다.

내가 원하는 습관 만들기에도 다양한 방법이 있는데, 내 단순한 기술(이라고 하기에 너무 비천함) 하나를 공개한다.

일단 마음에 쏙 드는 수첩과 노트를 산다. 예전에는 다이어리 사서 꾸미느라 세월 다 갔다. 고등학교 때 그런 짓 안 하는 사람 없잖아. 여자 사람이면 너도 그랬잖아. 지금도 다이어리는 쓴다. 그런데 그 '꾸미는 짓'은 안 한다. 그건 각자 알아서 하시고. 나는 일이 많고 적고 다이어리 안 쓰면 기억을 못 한다. 나쁜 머리는 메모 능력을 향상시킨다.

머리 나쁘면 손발이 고생한다(X), 머리 나쁘면 손발이 부지런해진다(O).

어쨌든 이 수첩에다가 날짜를 쓰고 옆에는 아침에 일어난 시간을 쓴다.

2020년 1월 21일 화(새벽 5시)

그리고 그 밑에 오늘 해야 할 일들을 쓰고 지워 가는 것이다.

책 1차 수정, 10시 상담
영어(올리버 쌤 책 읽기, 잠언 필사, '말해보카' 하루 분량)
중국어(12과 단어 써보기)

운동(윗몸 일으키기 30번)

시현이랑 드럼 만들거

전날 써 놓고 오늘 지우는 경우도 있고, 오늘 써 놓고 오늘 지우기도 한다. 가끔은 안 써 놓고, 그날 한 일을 쓰기도 한다. 못 했다고 머리 쥐어뜯지도 않지만(보통은 하니까), 안 해 놓고 태평하지도 않다.

나 자신의 발전에 대해 일정한 긴장을 유지하고 사는 편이다. 그렇게 산 지가 좀 되었다. 발전이라고 하니까 뭐 대단한 것 같이 느껴지는데, 어제보다 오늘 '나' 기준으로 더 나은 것이 발전이다. 나는 그렇게 살고 싶다. 원래 일을 좀 만들어서 하기도 한다.

준비하고 있으면 때가 왔다. 이것을 공부하고 저것을 긁어 부스럼을 모으던 어느 날. 때가 되면 몸과 마음을 다해 길어 올려야 했다. 보통은 상상한 것보다 더 좋은 것, 혹은 내가 생각하지 못한 신기한 것이 올라왔다. 완전 신나게. 결과가 시원치 않을 때도 더러 있었지만, 제대로 준비되었는지 의심하면서도 눈을 감고 뛰어내린 곳에선 마치 기다린 것처럼 일과 사람들이 나를 착 붙잡아 주었다. 아, 살았다.

보통 대학생들의 대답은 이렇다.

저는 백수라서 스케줄 쓸 일이 없어요, 남에게 할 말이 없어요. 응, 나도 남에게 할 말 없을 때 있었어. 그럼 너 자신에게 하고 싶은 말을 해. 일단 펜을 잡고 쓰면 깜짝 놀랄 정도로 '말 잘하는' 자신을 발견할 수도 있다.

쓰는 게 뭐라고

자자, 종이 세 장을 준비합니다. 다이어리도 좋고요.

일단 종이를 펴고 펜을 들자.

반으로 접어서 한쪽에는 내가 좋아하는 것, 다른 한쪽에는 내가 싫어하는 것을 쭉 써 보자. 사람 유형도 좋고, 음식도 좋다. 취미나 특기도 좋다. 색깔도 좋고. 뭐든 생각나는 대로. 이게 잘 안 써지는 사람은 스스로에게 미안한 감정을 가져야 한다. 내가 뭘 좋아하는지 싫어하는지도 모르면서 남이 나를 어떻게 보는지는 그렇게 열심히 신경 쓰면서 살았단 말이야?

다른 종이를 꺼낸다. 또 반으로 접어 봐.

한쪽에는 나의 장점을 쓴다. 다른 한쪽에는 나의 단점을 쓴다. 아울러 잘하는 일과 못하는 일을 써 본다. 장점이자 단점인 면은 체크해 둔다. 이건 자소서 쓸 때도 도움이 된다. 실은 내가 살아가는 데 가장 도움이 된다.

또 다른 종이를 꺼낸다. 여기엔 '내가 바라는 나'를 쓴다. 내적으로, 외적으로 나는 어떤 사람이길 원하는가. 17살쯤부터 해마다 썼고 나는 다른 사람의 눈을 신경 쓰지 않고, 내가 원하는 나에게 초점을 맞추고 살게 되었다. 그리고 타인을 더 여유롭게 사랑할 수 있게 되었다.

힘들 때도 많았지만 모든 순간이 소중했다. 그 순간이 모여 하루가 되고 일 년이 된다는 것을 알았을까, 그때는. 머리로 '그저' 아는 것과 가슴으로 '투둑' 깨닫는 것은 뿌리와 마지막 잎새만큼의 거리가 있다. 구멍이 난 마음 틈새로도 햇볕은 들었다.

오늘 그리고 지금, 내가 좋아하는 것 생각나는 대로 (2019년 5월)

가족과 친구들

치매 대화창의 우스운 소리

편의점 스타벅스 라떼 200㎖

성경, 때를 따라 읽고 싶은 책들

이해하든 말든 외국어책 째려보기(남들이 보면 언어 신동)

정재일의 말하는+연주하는 모습

류이치 사카모토의 '코다'

'안녕?! 오케스트라'의 용재 오닐과 아이들

영국 드라마, '셜록'의 베니

서점이나 도서관에서 혼자 시간 보내기

'어벤져스' 시리즈

영화 '기생충'을 기다리는 간절함

끄적끄적 글 쓰는 것

그 글을 버리며 가끔은 우는 한심함

다양한 사람들의 인터뷰를 텍스트로 읽기

읽으면서 말도 안 되는 분석하기

'대화의 희열' 배철수 편

엄지혜의 태도에 대한 책

유유출판사의 독특함

바흐 랜덤으로 듣기

피곤할 때 낮잠 자기

정재일의 '주섬주섬'

춥지도 덥지도 않은 맑은 날

제주도 하늘과 바다

홍다슬의 그림

밴쿠버 이사 전까지, 제주에서 남은 두 달

영어로 읽는 '어린 왕자'

분홍빛이 살짝 도는 베이지색 매니큐어

'님아, 그 강을 건너지 마오' 영상

사노 요코, 사노 요코, 사노 요코

양귀비와 작약, 이름 모를 꽃다발 꾸밈용 풀들

투명하리만치 흰 꽃잎을 가진 매화

제주바람 쌀쌀한 날 시럽 두 번 넣은 달달한 라떼

열무 비빔면과 라면, 살짝만 익은 김치

발 편한 스케쳐스 운동화

유튜브로 영어, 중국어 잘 가르쳐 주는 영상

'블로 노트'의 표지 하루의 글씨체

건전용 만화방과 양은 냄비에 끓여 나온 라면

애월 '제레미' 커피와 사장님의 매너

살기 편한 우리 동네와 친절한 사람들

지갑을 자꾸 까먹고 오는 나에게 항상 '일부러 오지 말고 지나가다 주라.'

하는 국숫집 할매의 말 한마디

할머니가 그때 보여 주는 제대로 자상한 표정

집 앞 노래방, 사장 언니의 후한 서비스 시간

내가 밴쿠버로 이사 간다고 슬퍼해 주는 사람들

좋아하고 감사할 것이 늘 있는 마음

싫은 것보다 좋아하는 것에 더 집중할 수 있는 내 마음

한글, 그리고 말장난

전람회의 '이방인'에서 '쉴 곳을 찾아서 결국 또 난 여기까지 왔지', 이 부분

이승철의 '긴 하루'를 부를 때 내 목소리

쓸데없는 상상하면서 빈둥거리기

'미션임파서블: 폴 아웃'에서 이든과 그의 친구들

마이클 잭슨

아이가 자면서 깔깔 웃는 것을 우연히 볼 때

남편의 개그 코드

영어가 쪼오끔 들릴 때(Hi 이상으로 들리면)

영국에서 보내오는 두 돌배기 조카의 '막춤'

자다 무서운 꿈 꿔서 일어났는데 공부할 수 있을 만큼 정신이 맑을 때

책이 엄청 많은 곳에서, 그 책의 제목들 훑어보기

어린아이들이 하는(방언에 가까운) 희한한 말들과 정체불명의 노래

읽어도 알아듣기 어려운 고전들

신영복 선생님의 삶과 모든 책

하이쿠

류시화의 이해할 수 없는 시 몇 편

뭔 말이여, 하면서 빠져드는 무지한 나

예쁜 노트와 부드럽게 잘 써지는 볼펜

유리아쥬 립밤

제주 알작지의 물이 오갈 때 돌 구르는 소리

졸졸졸 물 흐르는 소리

풀벌레 소리

제주도 자연의 모든 것, 물은 삼다수

쌀쌀할 때 어깨를 덮는 담요의 느낌

가수 '에디신'의 목소리, 그는 어디에

사노 요코 책들의 '제목'과 그녀의 수다 스타일

부드러운 니트

짙은 초록색 물감, 다홍색 크레파스의 색과 거친 질감

한지

크레파스로 하는 '내 맘대로' 색칠공부

내 손으로 써서 읽는 발췌록

하늘 보기

한참 동안 이런 쓸데없는 걸 고민하면서 열심히 쓰고 있는 나의 집중력

그것도 한두 번이 아니라 셀 수 없이 많이 해 온 꾸준함

벚꽃이 피면 그리워한다

벚꽃이 땅바닥에 열댓 송이 떨어져 있는 것을 주워 딸아이의 손에 올려 주었더니 손바닥을 오므려 꼭 쥐었다가, 다른 손에 서툴게 옮겼다가 하며 놀고 있다.

"엄마, 이거 예쁜 꽃이네요? 둘 네 개 아홉 여덟 개, 둘 세 개 아홉 여덟 개…."

이제 말을 제법 하기 시작한 네 살짜리 딸아이 목소리 위로, 우리 아빠의 목소리가 겹쳐 들린다.

"나도 너한테 섭섭하다."

아빠가 숨차게 뱉은 한마디였다. 아빠가 앞도 뒤도 없이 간병인인 엄마와 간호사에게 생떼를 쓰고 있었던 상황. 아빠는 이미 병원에서 사형 선고를 받은 사람이었고, 일어나 이전의 생활로 돌아가기엔 너무 멀리 와 있었다. 병명은 폐섬유화증, 폐가 하루하루 굳어 가는 병이라고 했다. 결국 '폐가 기능을 못하고 숨이 멎는 것을 기다리기 위해' 우리 아빠는 병원 침대에 누워 있었다. 암보다 더 지독하게 사람을 죽이는 병이라고 의료진에게 전해 들었다.

그 와중에 아빠는 한 달 전 대장암 수술을 했고, 그로 인해 화장실 가기 전에 변이 나오는 경우가 있었다. 환자이지만 그런 상황이 치욕스러웠다. 기저

귀를 하고 있지만 누워서 일 보는 것이 아빠는 싫었던 것이다. 그렇지만 힘없는 엄마나 간호사가 매번 화장실을, 그것도 수시로 제때에 옮겨 드리기는 힘들었지 싶다. 가뜩이나 성질 급하고 숨이 차 예민한 아빠는 그 '힘 없는' 여자들에게 소리를 질러댔고, 나는 호출을 받고 한걸음에 달려갔다. 상황 설명을 대충 듣고 병실에 들어갔더니 일어나지도 못하시는 분이 몸을 흔들며 소리를 지르고 있었고, 엄마는 울고 있었다. 간호사는 어쩔 줄 몰라 몸을 숨기고(?) 있기에 내가 얼른 나가시라고 손짓을 했다. 그 와중에 우리 아빠는 온 힘을 다해 이 연사 강력히 주장하고 계셨다.

"죽는 날 기다리는 것도 섭섭한데!"

"나도 아빠한테 섭섭해, 왜 아빠는 아빠 생각만 해? 엄마랑 여기 계신 분들도 다 아빠 때문에 수고하고 있어."

"나도 너한테 섭섭하다."

아빠가 불쌍해. 내 마음은 그래. 그런데 지금 우리가 뭘 어떻게 더 해 줄 수 있겠어. 아빠도 힘들고 우리도 힘들어.

아빠는 병원에 석 달 계셨는데, 나는 전복죽을 자주 만들어 갔다.

죽집에서 사는 전복죽에는 전복이 별로 없다고 아빠가 투덜거리는 것을 엄마가 나에게 옮겨 말했고, 나는 평생에 한번도 해 보지 않은 일을 그 이후로 여러 번 했다. 내 손으로 전복을 잡아서 죽을 만들다니요. 엄마 아빠 겨우 분별하는 아기를 안고, 전복죽을 싸 들고 그렇게 병원으로 달려가기를 거의 매일. 내 마음 편하자고. 나중에 아빠 돌아가시고 후회하지 말자고. 나를 키워 준 분에 대한 예의를 다하자고. 물론 키우기는 엄마가 키운 것 같지만.

그날 전복죽을 떠 드시던 아빠는 유난히 투정을 많이 부렸다. 그러다 갑자기 된장국이 먹고 싶다고 했고, 엄마는 "오늘은 딸이 만들어 온 전복죽 그냥 드시라."고 했더니 대단한 표정으로 노려보셨다. 불편한 마음으로 병원을 나섰다. 그냥 내일 해 오라고 하시지, 그런 사소한 걸로 또 엄마랑 싸울 준비를 하시나요.

그렇지만 그 '내일'은 없었다.

새벽에 칼바람 같은 카랑카랑한 전화벨 소리, 나는 받기도 전에 무슨 내용을 알리기 위한 전화인지 알았고, 받자마자 묻지도 않고 알았다고 했다. 엄마도, 나도 울지 않았다.

12월 말, 영안실은 유난히 추웠고 아빠는 더 추운 곳에 누워 있었다. 새벽에 달려온 동생은 대답 없는 아빠를 쓰다듬으며 오열하다 바닥에 나동그라졌다. 엄마도 함께 주저앉아 통곡하기 시작했다. 쉬지 않고 조용히 흘러내린 눈물에 얼굴이 꽁꽁 얼었다는 것을 집에 돌아가서야 알았다.

사람이 죽으면 돈이 많이 든다. 산 사람도 병이 들어 누우면 돈이 많이 든다. 가난한 서민은, 부모를 '사랑해도' 괴롭다. 산 사람이 병들어 누우면 계속 돈이 나가기 때문에 "병원비는 걱정 말고 오래 사세요." 하면서도 통장 잔고를 생각해야 한다. 생계는 '현실'이니까.

우여곡절 끝에 일포도 지나고 나는 이미 정해진 날짜가 있어, 바로 삼 일

만에 어린아이를 데리고 이사를 했다. 짐을 다 풀지도 못하고 밤에 새집에 모로 누워 있는데, 가슴속에서 뜨거운 것이 솟구쳤다. 꺼억꺼억. 동트도록 잠들지 못한 밤.

아빠를 존경하지는 않았다. 같이 저녁밥 먹고 가끔 농담하는 사이. 부친. 그런 아빠가 죽었다. 나는 설거지를 하다 말고, 된장국을 끓이다 말고 울었다. 그냥 울었다.

딸이 좋아하는 오징어젓갈과 게장을 사기 위해 오일장으로 향하던 아빠. 아빠는 분명 나를 사랑했다. 돈을 빌리고 때때로 당연히 안 갚고 싶어했지만, 딸의 잔소리가 무서워 얼른 갚고 이자까지 주며 웃던 아빠는 분명 나를 사랑하고 있었다. 면허는 땄어도 운전 못하는 딸을 회사에 태워다 주며 '운전 까짓것 아무것도 아니야.' 하시던 그 아버지. 아빠가 돌아가시고 나서야 그 장면들이 퍼즐이 맞춰지듯 가슴속에 와서 박혔다. 된장국을 끓이던 그 어느 날….

부모란 그런 건가. 나에게 아빠는 어떤 사람이었나요. 아빠에게 나는 어떤 존재였나요. 최선을 다했다고 생각한 그 시간 사이에도 틈은 있었다. 아빠의 일터로 박카스 한번 사 가지 못한 것에 후회한다. 아빠의 손을 다정하게 잡고 영화 보러 가지 못한 것을 후회한다. 아빠 지갑이 터질 정도로 현금을 넣어 주며 생색 내 보지 못한 것을 후회한다. 마음먹으면 '지금만' 할 수 있는 일이었다는 것을, 그때는 몰랐다. 시간은 기다려 주지 않는다.

쓰는 게 뭐라고

아빠는 초밥을 좋아했다. 입원과 퇴원을 반복하다 결국 병원에 아주 들어가게 되기 전날, 아빠를 모시고 수목원 앞 초밥집을 갔다. 잘 먹고 나오는데 아빠는 계단에서 풀썩 넘어졌다. 민망할 아빠를 생각해서 나는 오버스럽게 웃으며 "창창 젊은 양반이 왜 그러시냐."고 우스갯소리를 했고 아빠도 웃었다. 식후에 수목원 산책을 가기 원했지만 입구에 핀 벚꽃에 눈도장 찍는 것만으로 만족해야 했다. 아빠는 숨이 차서 걷지 못할 것 같다고 했고, 우리는 차로 향했다.

아빠가 그렇게도 기다리던 손녀딸은 그 해 봄에 태어나 아빠를 웃게 했고, 그 겨울, 아빠는 돌아가셨다. 겨우 만나진 탄생과 죽음 사이의 몇 달을 지금도 감사한다. 아빠는 눈감기 전날까지도 누운 채 손녀딸을 안고 웃고 계셨다. 그는 진심으로 행복했다. 그땐 내가 할 수 있는 효도를 다 했다고 생각했다.

그리움이란 왜 이렇게도 그렇게도 예정 없이 피어나 가슴을 턱 막히게 하는가. 겨울 지나 꽃이 피는 계절이 오면, 아이와 벚꽃을 함께 보며 홀로 아빠를 그리워한다. 병원에 실려가기 전에 함께 이 꽃을 볼 수 있었다면, 꽃길을 걸으며 헛소리를 할 수 있었다면. 오늘 친구가 죽고 나면 어제 못한 안부 전화가 고민할 일이 아니었음을 깨닫는다. 그럼에도 불구하고 우리는 오늘을 그렇게 산다. 그때는 모르고 지금은 후회하며 산다.

꽃이 예뻐도 눈물이 날 수 있음을. 아아, 정말로 알고 싶은데 모를 아름다움도 있다. 어쩌다 알아 아픈 가슴도 있다.

봄꽃은 너무 잠깐인데 그마저 마음껏 누리지 못하는 몸이 아픈 사람들이 있다. 여러 색깔의 아픔이 늘 어딘가, 누군가에게 있음을 잊지 않으려 한다.

겨울에 돌아가신 아빠를 봄마다 떠올리며 생소한 마음을 배워 간다.

사노 요코에게 보내는 사심 1,000% 팬레터

결론부터 말씀드리자면, 저는 할머니 엄청난 팬(fan)이에요.

할머니가 살아 있다면 나는 일본어를 배워서 할머니를 당장 만나러 갈 거예요. 내가 할머니 책을 읽었을 때 이미 세상에 안 계셨으니 우린 만날 인연이 아니었나 봐요. 지금 하고 있는 영어, 중국어 공부가 끝나면(기약 없음) 일본어를 공부해서 원서로 읽어 보고 싶은 마음도 있답니다. 언젠가는. 좋은 번역가가 촵촵 맛깔나게 잘 번역해 주어 너무나 다행이에요. 그걸 알아볼 일본어 실력은 없지만 내가 일단 재미있게 읽었으니. 번역을 잘했어요, 잘했어.

저는요, 늘 글을 읽고 더러는 쓰는 일도 했지만- 쓴 대부분의 글이 부끄러워요. 사실 거의 다 버렸거든요. 평생. 저도 학교 다닐 때 백일장 나가서 상도 많이 받았다는데. 나 같은 사람이 세상 천지 많겠지요.

요코, 당신은 어땠나요? 백일장과 평생 글을 쓰고 산다는 것이 상관이 있긴 한가요?

할머니는 아들 하나를 키웠는데 나는 딸을 하나 키워요. 아들 하나 키우는 엄마는 글을 쓸 때 아들이 주제로 나오면 어떤 마음이 들어요? 아들 눈치를 보나요? 곤란한가요? 그런 쓸데없는 걸 마구마구 물어보고 싶어요.

정말로 언제인지 기억이 나지 않는 어느 날, 나는 당신의 책 표지를 보고 반했거든요. 몇 페이지를 읽다가 서점에서 냉큼 사 오고야 말았더라는. 그게 제 글쟁이 인생에 최고의 반전이었어요. 반한 책의 표지는 《죽는 게 뭐라고》였는데, 사 온 책은 《열심히 하지 않습니다》를 사 왔다는 게 모순인데요. 둘 다 소장 중. 일단 나는 당신 '글'에게 퐁당 빠졌어요. 나란 인간, 반해 봤자 인터넷에서 한꺼번에 구매하는 짓은 하지 않아요. 집 앞 서점에 가서 묻지도 않고 열심히 발굴해 내어 한 권씩 구매해서는 집에 와서 혼자 허허허 웃으며 앉은 자리에서 다 읽고, 또 읽고. 원래 사랑은 잡스럽고 원초적이잖아요. 나는 변태예요. 좀스럽게 날마다 쉬지 않고 좋아하다가 마음속에 슬쩍 묻어 두고는- 시간이 나면 걷어서 호호호, 하면서 들여다봐요.

쓰고 좌절하고 버렸노라- 를 평생 반복하던 나에게 당신의 글은 말했습니다. 쓰는 거, '별거'야. 쓰는 게 뭐라고. 그냥 그렇게 흐물흐물하게 써도 돼. 너도 쓰면서 살아. 귀로 듣는 것처럼 선명하게, 가슴으로 들었어요.

당신은 일본 사람이니까 일본어로 말하더군요. 그런데 내 마음속 귀가 한국어로 들었답니다. 세상에.

'난 그림이 주업이고 글을 그저 쓰지만 그걸 팔아 설탕 따위를 산다.'고 하는 당신처럼 나도 그렇게 '그걸 팔아 책이나 커피 따위를 산다.' 하는 마음으로 써 보렵니다. 난 사실 글을 쓰고 책을 내고 그 책을 누가 사 주길 바라는데요. '아이, 이 작가 너무 좋아요.' 하면서. 그러면서도 누구든 제 글을 사서 본다고 생각하면 아이구머니 아주머니예요. 하지만 부끄러움을 무릅쓰고 글을 써서 팔고 그 돈으로 좋아하는 책을 마구 사 보고 싶어요. 나도 당신같이 쓸 수 있을까요? 헛허허 하면서.

이미 세상에 없는 옆 나라 할머니가 나에게는 나이 많고 웃기다가 패기 있게 돌아가신 괴짜 친구가 될 줄이야. 나도 모르는 누군가에게 그런 이상한 친구가 되어 주고 싶어요. 그게 정말 가능한 일이 될까요?

고마워요. 요코.
당신의 책을 읽지 않았다면 내 글들은 영영 '내 밖'으로, 세상으로 나올 수 없었어요. 이 말이 꼭 하고 싶었어요. 당신은 최고예요.

삶의 무게

네 이놈. 무겁다, 이젠.

올해 네 살. 요즘은 '업어 주세요.'가 입에 붙었다.

"어버띠떼요. 엄마, 어버띠떼요."

남들이 들으면 외국어로 들릴 말을 하지만, 그래도 요즘은 말도 제법 한다. 지금 아니면 업고 싶어도 못 업을 날도 오겠지. 고민하지 않고 등을 바로 내준다.

영차, 하고 들쳐 업으면 신난다고 뒤로 젖히고 춤도 추고 노래도 한다. 그럼 내 허리 휘는 것보다 그 흥에 나도 겨워 같이 노래를 부르고 있다. 그래서 엄마인가 보다. 내 새끼가 덩실덩실하니까 흉하거나 말거나 함께 흔들거리고 있다.

그래도 무거운 건 무거운 거다. 끙차, 하고 팔을 들어올리며 머리를 숙였더니, 목에서 우두둑 소리가 난다. 노래 부르며 신나 있던 녀석이 맑은 목소리로 한마디 한다.

"엄마, 안녕하세요~ 했네? 안녕하세요."

순간, 나는 멍해졌다. 겨울 바람을 타고 '겸손'이라는 단어가 내 마음에 와

앉았다. 고개 한번 푹 숙였는데 배꼽 인사가 되고, 겸손이 내 목에 와서 하나 되는 느낌.

쓸데 없이 3초 숙연해진다.

그랬다, 삶이 나의 어깨에 '무게'를 더해 주는 건 마냥 '힘들라고만' 그런 건 아닐 것이라고. 무엇을 '업었는지'에 따라 노래도 부를 수 있고 춤도 출 수 있고, 안녕하세요 하고 겸손해질 수도 있는 것이라고.

아이는 항상 어른의 스승이다.

다시 '곰 세 마리' 열창하며 흔들흔들 앞으로 간다.

아까보다 아이가 무겁지 않다.

새야 새야 멀리 멀리 날아라

　일하러 나가기 직전, 편의점 표 스라(스타벅스 라떼) 사러 나가는 길에 만나지 말아야 할 것을 만나고야 말았다. 아파트 입구에서.

　내가 피할 수 없는 계단 입구에 누워 숨을 헐떡헐떡 쉬고 있는 새 한 마리. 이름은 모르지만 종달새(누구 맘대로 종달새야)라고 하면 될 것 같이 생긴 그 녀석은 넘어가지도 안 넘어가지도 않은 숨을 쉬면서 눈을 뜨지도 안 뜨지도 않은 상태로 나를 기다리고(?) 있었다.

　나는 그런 동물을 만나면 안 되는 사람이다. 오도 가도 못하고 그 자리에 멈춰서 멘탈 붕괴 상태에 이른다. 여기 두고 가면 고양이가 물어가거나 사람이 실수로 밟을 것이다. 참혹하다. 그럼 내가 데려가서 간호를 해 줄 수 있는가? 아니, 난 그럴 수 있는 상황이 아니다. 유기된 짐승을 사랑으로 기르는 사람들 복 받으세요.

　아아, 일단 이 녀석을 손으로 잡을 용기가 없다. 데려가서 딸한테 보여 줄 패기도 없다. 살아나도 걱정이지만(응?) 죽었을 때 애기 놈이 받을 쇼크를 감당할 수 없다.

　강의 시간은 다가오는데 나는 그 자리에서 새에게 말을 걸고 있다.

"어디가 아프니? 무섭지? 내가 같이 있어 줄게, 그런데 아무 도움은 안 될 거야. 너를 더 안전한 곳으로 옮겨 주고 싶은데 가만히 있어 주겠니?"

결국 용기를 내어 손으로 건드려 보는데, 이놈, 아주 힘이 남아도는 것처럼 퍼덕거려서 내가 기절할 뻔했다. 생선 잡는 오일장 아줌마들이 갑자기 하늘에서 내려온 용사처럼 느껴졌다. 네가 그렇게 기운차면 내가 무서워서 못 옮겨 줘. 자, 잠깐만- 가만히 좀 있어 줄래? 나는 생선도 못 잡는 심약한 사람이라.

한참 이런 삽질을 하고 있는데, 저쪽에서 반가운 얼굴이 인사를 건넨다. 우리 아파트 경비 아저씨.

"강 선생, 거기서 뭐하고 있어요?"

"여기 새가 한 마리 누워 있는데요, 살아 있어요. 저기 안전해 보이는 나무 위나, 그런 곳에 옮겨 주고 싶은데요. 고양이가 물어갈까 봐 걱정되어서요."

장갑을 끼고 있던 흑기사는 나를 대신해서 그 종달새(?)를 들어 나무로 옮겨 주셨다. 감사합니다. 거기까지는 좋았다.

"이거, 여기다 옮겨 놔도 고양이가 물어갈 건데. 딱 보니까 죽게 생겼어. 일하러 가는 모양인데 얼른 가요."

아, 그 말을 듣지 말았어야 했다. 나는 자꾸만 뒤를 돌아보며 집으로 갔다가 잽싸게 준비를 하고 다시 새가 옮겨진 장소로 갔다.

두둥- 새가 없다.

내 마음속에 희비가 교차한다. 고양이가 물어 갔나? 그 사이에 원기 회복하고 집으로 날아갔나?

이것은 마치 《어린 왕자》에 나오는 주인공 비행사가 별들을 바라보며 떠올리는 생각들과 흡사하다. 잘 돌아갔다고 생각하면 하늘이 '맑고 파랗게' 느껴지는데, 고양이에게 물려 갔다고 생각하면 '우울하고 침침한 퍼렁이'가 되는 느낌이랄까. 아이고야. 커피도 못 샀고, 시간은 가고 있고, 일하러 가야 하는 시간은 임박했다. 나 완전히 새 됐다.

아저씨, 만약에 진실로 진실로 고양이가 물어갈지 모른다 해도, 날아가는 걸 보지 못했다 해도요. 제 앞에서는 '새가 정신을 차리더라고. 날아갔어.'라고 말해 주세요. 이미 걔 얼굴을 봤단 말이에요.
희망은 좋은 거 아닐까요. 언제든.

개인이 철저히 '개인적일' 수밖에 없는 이유

태어나는 국가, 부모, 형제, 이웃, 학교, 친구

혈액형, 몸무게와 키, 먹는 음식, 습관과 환경, 직장

취미와 특기

기본만 봐도 다 다르군요.

비슷하다고 가져다가 대충 끼워 맞춰도 무조건 달라요.

세상에 같은 인간, 같은 캐릭터 자체가 있을 수가 없답니다. 각자의 언어

로, 각자의 목소리로 얘기하는 것이 당연해요. '보통'이나 '평균'이라는 단어

자체가 말이 안 되는 거랍니다. 괜찮아요. 당신은 유일무이합니다.

"가장 개인적인 것이 가장 창의적인 것이다."

― 마틴 스콜세이지Martin Scorsese, 영화감독

싸구려 커피

커피를 마시지 않고는 아무것도 제대로 시작할 수 없다. 아무것도. 커피는 나에게 있어 '정신 맑음'의 시작이며, 뭔가 해 보겠다는 결연한(?) 의지이다.

나에게 있어 커피의 역사는 고등학교 때부터인 줄 알았는데, 이번에 우연히 발견한 중학 시절 쪽지를 읽고 알았다. '그놈'은 중학교 때부터 커피를 물처럼 마시고 있었다. 다시 돌아가 나에게 말할 수 있다면, 좀 더 늦게 마셔도 좋겠다고 권하리라.

커피 하면 대학 때를 생각지 않을 수 없다. 하루 4~5시간 자면서 수업과 아르바이트의 압박을 견디던 그 시절. 피곤함을 늘 안고 지냈는데, 수업 하나가 땡 하고 끝나면 쉬는 시간에 커피 자판기에 매미처럼 붙어 있는 나 자신을 발견하곤 했다. 150원을 넣고 커피 나오기를 기다릴 때 그 행복감이란. 급하면 자판기에 손을 넣고 커피가 나오는 컵을 부여잡고 있곤 했다. 자판기 커피를 대하는 진정한 한국인의 자세.

진짜 눈물이 나는 순간은, 친구 것도 사 주겠다고 큰 소리치고 300원을 넣었는데 첫 잔을 안 빼고 두 번째 버튼을 눌러 자판기에서 위잉~ 하고 커피 나오는 소리를 들었을 때. 이것이 무엇을 의미하는지 깨달았을 때. 두 잔의 커피가 종이컵 겹겹이 하나가 되었을 때 그 멍함. 결국 남은 커피를 종이컵

쓰는 게 뭐라고

두 개에 나누고 커피에 빠진 종이컵을 내 것으로 취한다. 이것은 양보(!)의 미덕. 강의 들으러 다시 강의실로 그렇게 간다. 그 달달한 커피 한 잔에 행복했던 가난했던 내 학생 시절.

그때는 잘 시간도 뭘 사 먹을 정신도 없을 때라 아침에 식사를 하고 올 리 없었고, 빈 속에 그렇게 커피를 마셔 댔으니 위가 다 망가질 수밖에. 대학, 회사 시절 내내 위염으로 굉장히 고생을 했다.

지금은 공복에 커피 마시지 않기가 철칙이 되었다. 뭐든 '건더기'를 씹고 나서 커피를 마신다.

도서관 자판기 커피에는 두 종류가 있었다. 일반 커피와 고급 커피. 일반 커피 150원, 고급커피 200원. 시험기간에는 아르바이트 마치고 도서관에서 밤을 샜다. 커피는 피곤하고 외로운 나에게 둘도 없는 동반자였다.

자판기 앞에서 늘 고민했다. 일반커피와 고급커피 둘 중에 뭘 마시면 더 맛있고 덜 피곤할 수 있을까. 고민을 해 봤자, 50원 차이 때문에 일반커피를 마시는 일반 서민 대학생. 졸업 즈음에 나는 큰 마음을 먹고 고급커피와 일반커피 두 잔을 뽑아 비교 시음을 했다. 그리고 안도했다. 맛이 똑, 같았다. 도서관 이름은 말해 줄 수 없다.

지금도 도서관은 좋아하지만 학교를 졸업한 이후의 자판기 커피 맛은 예전 같지 않다. 어른이 되어 먹는 빠다코코넛과 쌍쌍바에서는 예전 맛이 안 난다. 캐나다 오기 전에 가 보니 일반커피가 300원으로 올랐는데도 맛이 없고 속이 쓰렸다. 사실 몇 번 위경련으로 실려가고는 자판기 커피를 아주 끊었다. 나는 그렇게 자판기 커피를 못 마시는 여자로 병원에서 '지정해 주는' 신세가 되었다. 도대체 자판기 커피에는 뭐가 들었는가.

"이 싸구려 커피, 내가 안 먹는 날이 온다."

이를 갈았었는데, 못 먹는 날이 오고야 말았네? 이런(!) 의미가 아니었는데요. 호호호.

이따금 교수님 눈을 피해 한 모금 마시는 게 너무 죄송해서, 교수님 거룩한 단상에 캔커피 사 놓을 때는 그 커피가 얼마짜리인지 보고 또 보며 고민을 했던 때가 있었다.

마시던 커피가 싸구려라고 해서 내 노력이 싸구려이진 않았던, 아름다운 그 시절. 아름답다고 말하면서도 몸서리치게 싫다. 다시는 돌아가고 싶지 않은 시간.

그런데 아련하고 그립다. 그 시간의 노력이 나를 밥 먹여 주고 있다. 전공이 밥을 먹여 준다는 소리가 아니라, 그 노력의 시간이 차곡차곡 쌓여서 지금의 나를 만들어 주었다는 의미다. 야구 모자를 눌러 쓰고 뽀얗고 투명한 입김을 뿜으며 맥심 종이컵에 담긴 커피를 두 손에 감싸 쥔 내가. 아, 자고 싶다 하면서. 돌아갈 수도, 돌아간다고 또 그렇게 할 수도 없을 것 같은 시절.

찬바람이 슬슬 불어오면 눈을 감고 그때로 돌아가 보곤 한다. 돌아가고 싶지 않지만, 자꾸 돌아가 있는 나를 발견한다.

이런 감정을 '말로 표현하기 어렵다.'고 하는가 보다.

쓰는 게 뭐라고

글을 읽는 것은 너무나 즐거웠는데, 쓰는 것은 괴로웠다. 희한하다. 쓰는게 뭐라고, 괴로운데 자꾸 쓰고 싶은 마음이 들게 한다.

정확하게 얘기한다면 '쓰는' 자체가 나에게 괴로운 게 아니라 쓰고 고치고 지우고 날리고 다시 쓰고 하면서 느껴지는 자괴감- 이 자체가 머리를 쥐어뜯게 하는 거지.

이게 뭐라고 나는 이렇게 신나 하다가 소리 지르게 괴롭다가 방 안을 빙빙 돌다가 노래를 부르다가 하는가. 도대체 뭘 했다고. 뭘 한다고.

글 쓰고 맨 정신으로 아침에 읽어 보면 늦은 시간에 쓴 글일수록 더 거지 같다. 컴퓨터로 쓴 건 그냥 클릭 두 번 해서 지울 수 있는데, 문제는 노트에다 꾹꾹 눌러 쓴 것들이다. 쓸 때는 날아가는 것 같았는데, 나중에 읽을 때 보면 혼자 읽는데도 부끄럽다. 남이 보기 전에 다 찢어서 버리려니 노트 한 권이 다 찢겨져 나가는 게 일상이다. 글쟁이들의 운명인가. 쓰고 부끄러워하기. 그러면서 또 쓰기. 그다음 날 또 부끄러워하기.

어릴 때 나도 꿈 많은 예술가였다. 아니, 예술가 꿈을 꾸는 아이였구나. 엄마는 얘기했다. 작가 되면 굶어 죽는다. 그림도 좀 그렸다. 화가가 된다고 하니 엄마는 또 얘기했다. 화가 되면 굶어 죽는다. 노래도 좀 했다. 노래? 그런 거 하면 굶어 죽는다. 그래서 나는 예술에 대해 제대로 된 교육을 받지 못하게 된다. 굶어 죽지는 않았지만 이도 저도 아닌 인간이 되었다. 그게 뭔가 억울하다.

지금 물어보니까 아빠가 그렇게 반대를 해서 엄마가 대표로 말을 했다나 뭐라나. 부모들의 오판(혹은 현명한 선택)으로 나는 이도 저도 아닌 것이 되었나. 그저 부모를 핑계 삼은 의지박약이었나. 일단 우리 집은 그런 거 시켜 줄 수 없도록 가난했으니 그랬다고 치자. 돈이 없어서 못 한 걸로.

몇 년 전에 어른 글짓기 대회에 글을 내 본 적이 있다. '나와 이런 우아한 것은 별로 어울리지 않아.' 하는 생각과, '혹시 모르지.' 하는 생각 둘을 안고. 역시나 아무 결과도 나에게 오지 않았다. 탈락은 '너 탈락이다.'라는 말조차 해 주지 않는다. 합격에게만 통보해 주는 더러운 세상. 시간이 지나 읽은 그 대회들의 '당선작'은 내가 이해할 수 없는 세계의 글들이었다. 이 사람들은 뭘 먹고 사는 걸까. 뭘 써 놓은 걸까. 뭔가 굉장히 우아하고 섬세한데 무슨 말인지요. 나는 한국말로 읽고도 이해하지 못했다. 때때로 글을 쓰고 눈물을 흘리기도 했다. 내가 울면서 쓴 글은 남들도 울면서 읽어 줄지 모른다는 생각도 들었다. 어디서 그런 말을 읽은 것만 같아서. 그냥 혼자 쓰고 혼자 읽고 혼자 부끄러워하는 날들은 언제면 끝이 날 것인가. 지겨웠다.

쓴다는 건 대체 뭔가. 스라에 중독된 것과는 뭔가 차원이 다른데 내 짧은 언어로는 설명할 길이 없구나. 세상에는 말로 하기 어려운 감정들이 존재한다. 시가 아니고서는 쓸 수 없는 것들이 있다. 그런데 사실 나는 '말로 설명하

124 쓰는 게 뭐라고

기 어려워 느낌만 나열한 단어를 시라고 우겨서 쓴 짧은 글'이 몇 편 있었지, 아무리 다시 읽어 봐도 멋지지는 않았다. 나는 류시화 같은 시인이 되지는 못할 거라고 단언한다. 대단한 소설가는 어릴 적에 포기했다. 나는 하이틴 소설 수준 이상의 소설을 쓸 능력이 없다. 그저 소소한 일들을 소소하게 쓰는 사람이 되고 싶어졌다. 그건 할 수 있을 것 같아서.

그러면서 가슴이 먹먹해져 왔다. 그게 뭔데. 그냥 이렇게 쓰고, 또 쓰고 하다 보면 그런 게 되는 건가. 그건 그렇고, 난 왜 자꾸 쓰고 있을까. 운명인가? 주정인가? 아니면 세상 말로 설명하기 힘든 예술(?)의 중독성인가. 단순하게 글은 씁니다, 하고 책을 내며 살고 싶은 걸까.

그래서 이런 마음의 과정을 쭉- 썼다. 안타깝고 지겨운, 그러면서 어쩔 수 없는. 써야 하는 사람은 써야 한다. 그 말, 정말 맞다. 장강명 작가님이 이 말을 하는 표정은 호수 같았다. 나는 풍덩 빠져서, 암 그래요 하면서 어푸어푸 하는 심정이 되었다. 나는 수영을 못 한다.

내가 좋아하는 것을 직업으로 삼으면 얼마나 좋을까. 그러면서 돈도 많이 벌면 얼마나 더 좋을까. 난 그렇게 살고 싶어. 그 생각뿐이었다. 초등학교 은사님이 그러셨다. 초등학교 교사가 되면 너 하고 싶은 거 다 하고 살 수 있다고. 아니에요, 선생님. 저 같은 사람은 나라 녹을 먹고 살 수 있는 성품이 못 된답니다. 아이들이 저를 보고 뭘 배우겠어요. 내 새끼도 학교를 열심히 안 보내는 마당에. 아이들을 사랑하니 고등학생, 대학생들을 위해서 특강은 갑니다만. 애들도 가끔 라면은 먹어야죠.

이래 저래 열심히 좋아하는 걸, 잘하는 걸 찾아다니다 보니 강의도 하고, 상담도 하고 결혼도 하고 아이도 키우게 되었다. 로망이었던 피아노는 혼자서 아무리(라고 말할 만큼 해 보진 않은 것 같지만) 쳐도 실력이 늘지 않는다. 음악은 일단 로망의 자리에 계시기로 하고. 돌고 돌아, 글 쓰기. 글 쓰는 것만큼은 미지수이다. '너 뭐하니' 스스로 자책하면서도- 자꾸만 써야 한다는 생각을 심어 주는 책임감 없는 글쟁이 하나가 내 안에 산다.

자, 그럼 앞으로 글을 쓰고 그걸로도 돈을 벌며 살 수 있을까? 일단 돈은 둘째치고. 나만 쓰고 버리는 글 말고, 다른 사람이 읽어도 뭔가 유익을 주는 글을 쓸 수 있을까. 꼭 그럴 수 있기를. 지금 나의 밤샘이 헛되지 않기를.

그런 사람, 참 많을 것만 같다. 누군지도 모르는 동지들이 스파이처럼 곳곳에 숨어 있을 것이다. 말도 못하고 쓰고'만' 있는 사람들. 눈에 핏발을 세우며 칼을 갈듯 이를 갈며 쓰고 있을 사람들. 이도 저도 아니지만, 이 시간이 난 헛되지 않다고 생각해요. 우리 이상한 사람들 아니에요. 괜찮아요. 정말로 괜찮아요. 나도 많이 울었답니다. 그 마음 알아요. 진심으로, 토닥토닥.

쓰는 게 뭐라고

쓰다 보면 읽고 싶고, 읽다 보면 쓰고 싶다

우리 나라 사람들은 텔레비전으로 보면 안 예쁘고 안 잘생긴 사람이 없다. 남편이 옆에서 그러는데 원래 그런 사람만 나오는 게 텔레비전이라는구나. 몰랐지, 나는. 무지한 내가 감탄하는 동안 왜 사람들은 말해 주지 않았는가. 노래 못하는 사람도 없네, 대단한 민족이야. 또 감탄한다. 집에서는 텔레비전 보는 일이 없는데, 식당 가면 틀어 주잖아. 그걸 보면서 '우와' 하면 같이 간 사람들이 부끄러워한다.

책을 들여다보는 나는 대단한 사람들의 대단한 글에 감복한다. 미쳤다, 어떻게 이렇게 썼지? 박수를 치지만 나는 그렇게 쓰지 못한다. 물론 쓰레기 같은 책도 있다. 그 주인공이 내가 아니길 바랄 뿐이다. 하긴, 책을 준비하다 보니 쓰레기 같다고 생각한 책들조차도 존경스럽게 바라보는 눈을 새로이 갖게 되었다만. 책이 나오는 '과정 자체'가 대단하다.

캐나다 있으면서 모국어가 그리워서 '책 뻥'을 뜯었다.

책 값이 비싸다고 절규했더니 "쫌만 기다려 봐, 언니가 어떻게 해 볼게." 하고는 정말 어떻게 해 버린 킴과 너무 당당하게 책 좀 사서 보내 달라고 책 제목만 보냈는데도(무려 7권이나, 저는 밴쿠버에 사는 날강도입니다) "언니, 근무 끝나고 오후에 보낼게요." 하고 슝- 보내 준 정숙이에게 이 자리를 빌려

깊은 감사의 마음을 전한다. 왜냐하면 다음에 또 삥 뜯어야 되니까.

한국에서 한 달 만에 귀국한 유미 언니에게서 배달(?)된 한국 신간을 받아 들고 호오, 하면서 호빵 불어 먹는 것 같은 이상한 소리를 내며 신나 한다. 할 일을 대충 미뤄 놓고 읽다가 '아, 일해야지.' 하고 애매모호한 태도를 취한다. 일하다가 '아, 10장만 읽고 하자.' 하면서 '할 일을 먼저' 이런 말을 하는 어중간한 인간을 보고 계십니다.

쓰다 보면 읽고 싶고, 읽다 보면 쓰고 싶다고요. 이것보다 더 '고급진' 표현이 있을까 고민해 봤지만 역시 사람은 자기가 가진 것밖에 보여 주지 못한다. 나는 이 정도다. 허겁지겁, 허둥지둥하다가 대가들을 보면서 오호, 하고 감탄하다가 다시 허둥지둥하면서 100페이지를 썼다가 50페이지는 버리는 인생의 글쟁이로 살더라도. 글은 참 쓰고 싶다. 글 샘플을 만들었을 때는 '매우 훌륭하군.' 했다가 다 묶어 놓고 보면 '쓰레기네.' 한다.

어쩌란 말이냐. 그렇게 평생 썼다. 뭔가 평생이란 단어를 여기에 붙이려면 80세는 되어야 할 것 같은데 나는 아직 마흔도 채 되지 못한 것에 아쉬워하고 안도한다.

이렇게든 저렇게든, 쓸 사람은 써야 한다.

아, 하고 싶다

하고 싶은 일에도 생각나는 순서가 있다. 지금은 딱 라볶이가 먹고 싶다. 라볶이 먹고 '헙헙 매워, 그런데 맛있군' 하면서 쓰던 글의 제목을 고민하면 딱 좋겠다. 원래 글을 제목부터 쓸 때가 있고 글을 쓰다 말고 제목을 찾을 때가 있다. 곡을 쓰고 가사를 붙일 때가 있고, 있는 가사에 곡을 붙일 때가 있다. 뭐 나는 음악 만드는 사람은 아니지만, 그렇다고요. '커피 어디 있지?' 허우적거리면서. 그 짓을 하고 싶다.

읽고 싶은 책을 다 사고 싶다. 그 책을 쌓아 놓고 나 찾는 사람도, 말리는 사람도 없이 빈둥빈둥 읽고 싶다. 그러다 다시 쓰고 싶다.

한국에서 스라를 사서 한 개는 원샷을 하고 한 개는 오전에 천천히 마신다. 그리고 피곤한 오후 3시쯤 하나 더. 이렇게 하루 세 개씩 먹고 싶다. 방부제가 많이 들었으니 많이 먹으면 안 늙을지도 모른다.

술 중독보다 더 무서운 스라 중독. 담배는 끊는 게 아니라 쉬는 거라며? 나도 아직 끊은 거 아니다, 캐나다 와서 자동으로 공급이 끊겨진 거지. 한국 가는 날이 다시 먹는 날이다. 시차를 이놈으로 극복할 생각이다. '고(高) 카페인' 다량(多量) 함유하신 놈이니까.

아이를 자고 싶은 만큼 재우고 싶다. 이 폭설에도 학교 문은 용케 열었다는데, 우리 동네 애들은 모두 학교 안 간 듯한 소리가 난다. 한번 깨우는 척은 했는데 으에에 잠을 잘 못 자떠, 하면서 도로 자는 걸 보니 내가 라볶이 해 먹을 시간은 벌 수 있다.

정재일의 '주섬주섬'만 종일 듣고 싶다. 가사랑 피아노가 내 마음을 자분자분 밟으며 오고 간다. '그래, 그래도 난' 하면서. 캐나다 오기 전에 남편이랑 의견이 박치기를 하면 나는 뭔가 마시면서 정재일만 보았다. 뭐, 그냥 봤다고. 나는 아이돌은 하나도 모르는데 정재일은 안다. 이민 짐을 싸고 서류 정리를 할 때 괜히 눈물이 나서 이 노래만 밤새 들었다. '반듯하게' 종이를 접고 짐을 싸면서.

내가 한참을 대놓고 좋아하는데 언제부터 좋아했는지도 기억이 나지 않는다. 긱스? 이적 오빠 미안해요. 효신이 오빠도 미안해요. 뭔가 미안해. 그렇지만 여러분이 나를 그에게 인도했잖아요. 저는 원래 목적지 보이면 직진이에요. 우리 이렇게 같이들 나이 먹어 가요. 콜드 플레이를 아무리 들어도 감동이 없는데, 정재일이 연주하는 걸 보면 끝도 없이 빨려 들어 갑디다. 저는 그렇다고요. 그런데 내 주변에 이 근사한 휴먼을 아는 사람이 없네. 어허, 이 사람들이. 킴이 통화하는데 묻는다.

"니가 좋아하는 정재일이 기생충 음악 감독이야?"

"응응."

"욜~"

그 감탄사가 뭘 의미하는지 몰라도 나는 우쭐한다. 이번에 (그가) 남북 정상회담 공연에 나왔잖니, 한다. 피아노 치는 거 봤어? 동영상 주소 긁어서 사람들한테 돌린다. 남편은 아무 표정이 없다. 그냥 "정재일? 또 봐?" 한다. 내 위시리스트 중에 있어요. 정재일하고 펜팔 친구 되는 거. 주소 좀 알려 줘요. 다시 한번 말하지만 팬레터가 아니고 펜팔 친구가 되고 싶다고요. 유치한가요? 원래 우스운 사람이에요, 제가.

해장국이 먹고 싶다. 일주일 내내 한 끼는 꼭 먹고 싶다. 라볶이에겐 미안하지만 너는 꿩 대신 닭이야. 아, 해장국을 먹고 스라를 먹으면 딱. 초가을에. 그러려면 가을에는 늘 한국에 갈 수 있어야 한다. 바람이 쌀쌀할까 말까 고민하는 정도의 온도였으면 좋겠다. 가벼운 코트나 남방을 걸쳐 입고 스라를 마셔야 한다. 춥다 싶게 추우면 맛이 좀 떨어진다. 손이 시려서.

포트 랭리에 혼자 가고 싶다. 시간 걱정 않고 종일 있고 싶다. 뜨겁지는 않지만 손을 덥혀 줄 정도의 온도와 '너무 달지는 않지만 달달한 라떼' 한 잔을 사서 그 동네를 산책하고 싶다. 커피는 조금 큰 사이즈면 좋겠다. 가게도 들어가 보고 기념품이나 엽서도 시간을 들여 구경하고 싶다. 아이 데리러 가야 한다는 걱정, 남편 밥 걱정, 그런 거 없이 내내 호기롭게 구경하다가 평화롭게 집으로 돌아오고 싶다. 골동품 가게에 가서 들여다보고 싶다. 살까 말까 고민하다가 가격 흥정도 하고 싶다.

매 순간에 감사하되 너무 결연하지 않게 살고 싶다. 결연. 뭔가 내가 쓰는 글과는 결이 다른 단어군. 어울리지 않는 단어 사용만으로도 사람은 부끄러워질 수 있는 존재구나. 그래도 이런 걸로 부끄러울 수 있어 하는 내가 좋다.

아, 차로 10분 거리인데 이걸 못하고 있네. 포트 랭리. 조금만 기다려. 10분 거리를 혼자 못 나가고 발을 동동 굴러야 할 때가 있다니.

지역색 있는 엽서를 종류별로 골라서 그 엽서를 보고 생각나는 사람들에게 보내고 싶다. 사람들에게 할 말은 그때 생각이 날 것 같다. 주소를 모르는 사람들도 있을 것 같다. 죽은 사람도 있다. 그래도 나는, 또박또박 한글로 편지를 써서 우체통에 넣을 것이다.

죽기 전에는 사랑하는 줄 몰랐는데, 죽고 나서야 사랑하는 줄 알았던 사람들도 있다. 죽고 나서야 비로소 사랑하게 된 이들도 있다. 산다는 건 뭘까? 그들은 어디에 있을까? 우리 아빠는 나에게 새로운 아빠가 생긴 것에 대해 어떻게 생각할까? 내가 새로운 아빠를 좋아하는 것과, 원래 있다가 죽은 아빠를 둘 다 좋아하지만 그 느낌이 다르다는 걸- 그가 이해할 수 있을까? 내 감정의 색을 나조차 설명하지 못한다. 그러면서 누구에게 무엇을 이해해 달라고 할 수 있는가.

원래 글로 쓰지 못하는 것을 그림과 음악이 해 주는 것이다. 글도, 그림도, 음악도 모르는 내가 자꾸 이런 말을 하며 읽고 보고 듣는다. 돌아보면 나에게는 아름답다고 '느끼는 기능'만 있는 것 같기도. 아름다움이란 굉장히 주관적이다.

아, 커피 다 마시니까 글을 쓸 의욕이 사라졌다. 해장국 생각이 한번 나니 머릿속에서 해장국, 해장국 하며 취한다. 인간의 입은 이렇게 간사하다. 해외 나와 살면 그런 얼큰한 국물 생각만 하며 사는 걸까. 다른 사람들도 이런가요. 어쨌거나, 하고 싶은 일이란 써 보면 굉장히 사소하고 유치하다. 생각보다 많다. 참 좋다.

마술 노트가 있다. 쓰면 다 이루어진다. 믿거나 말거나. 다 쓰면 또 산다. 나에게는, 무조건 되는 로또 같은 느낌이랄까. 마술 노트의 뜻, 쓰면 이루어진다고 믿고 쓰는 노트. 쓰는 동안 행복해진다. 나는 매일 쓴다. 별거 없다. 문구사 가서 마음에 드는 노트 사서 쓰면 된다. 그리고 경험상으로, 원하고 바라는 그 내용들은 때가 되면 굉장히 근사하게 이루어진다. 진짜라니까요?

인생은 살 만한 거다. 일이 잘 안 풀리거나 죽고 싶은 마음이 들면 하고 싶은 일들을 써 보세요. 쓰다 보면 재미가 좋아서 죽을 시간이 없답니다.

〈덧붙이는 말〉
한국과 캐나다가 이어진(?) 글들이 더러 있다. 한국에서 썼는데 여기 와서 고치며 다시 이어 쓴 글. 이으려고 이은 것은 아닌 글. 나중에 보니 어딜 손대야 할 지 모르는? SF가 되었지만 고치거나 자르면 버릴 글이 되기에 그냥 살려두기로 했다. 정재일과 커피가 들어갔기 때문에 버릴 수가 없어요. 양해를 구합니다. 미안해요.

아빠 제사 대신 아빠를 위한 시를 썼다

아빠가 돌아가시고, 우리는 제사를 지내지 않았다. 우리 집 세 여자의 합의 하에. 고생만 하면서 살았으니까. 아빠 없는 엄마는 그렇게 살면 안 될 것 같아서. 나는 할머니에게 웃으며 말했다.

"할머니, 내가 하지 말자고 했어. 괜찮지? 산 사람이 살아야지."

나는 할머니랑 사이가 좋으니까 괜찮다. 맷집도 좋고.

인생 제2막을 시작한 엄마는 재혼을 해서 나에게 아빠를 또 '만들어' 주었다. 어허허허. 쿨내 진동하는 여자일세. 주변에서 나보고 괜찮느냐고 물었다. 그걸 왜 나한테 물어? 우리 아빠한테 물어야지.

아빠, 나는 두 번째(?) 아빠가 마음에 들어. 자상하고, 무엇보다 엄마한테 잘해 주거든. 아빠는 기분이 어때?

죽은 사람은 말이 없다.

아부지 돌아가신 지 일 년째 되는 날 제사를 올리는 대신, 아빠를 위한 시를 썼다. 아빠, 이거면 퉁 칠 수 있겠어? 나니까 괜찮지- 하면서.

쓰는 게 뭐라고

벚꽃이 피면

내 아버지를 눈밭에 묻었지, 그땐
땅이 얼지 않아 다행이라고 했지만
갓 불에서 나온 뼛가루를 안은
내 마음에는 하얗게 눈이 서려 있었지

내 아버지는 늘 바깥으로 돌았지만
그도 마음 둘 곳 없음을 가신 뒤에 알았네
날 적부터 상처받은 영혼임을
비인 마음에 날마다 눈 내리고 있었음을

내 아버지는 사랑한다 말한 적 없지만
장날에 딸 좋아하는 꽃게장
그 투박한 손에 타박타박 들고 오시던
눈밭의 겨울 나무, 내 아버지

그가 다 살고 가지 못한 겨울과 봄 사이
바람이 불어와 벚꽃이 피면
끝내 잡아주지 못한 그 손을 잡고
내 마음 눈밭 위를 함께 산책하지

그 겨울과 봄 사이, 꽃이 필 무렵

초록빛 움 돋는 그 어디쯤

토독토독

우리는 걷고 또 걷지

아빠 꿈을 꾸었다. 할아버지 꿈도 꾸었다.

표현에는 완벽히 바보였던 남자들. 나를 사랑했던 그들. 나를 마주보고 환하게 웃어 주기만 하였다. 하얀 옷을 입고. 그 얘길 하자, 할머니는 울었다.

앉아서 쓰다 보니

살면서 이렇게 써 본 적이 있나 싶을 정도로 미친 듯이 썼다. 쓰다 보니까 이 생각도 나고 저 생각도 난다. 쓰다 보니 서로 연관성이 없어 나눠지고 책이 두 권이 되고 세 권이 되고. 얼마나 어떻게 뻗어 나갈지 나도 모르겠다. 처음부터 끝까지 다 쓰여진 것은 아닌. 어쨌거나 온몸을 바쳐 쓰다 보니 고양이가 새끼 치는 수준으로 퐁퐁 늘어난다. 이제 여기서 얼마나 또 버려질 것인가.

처음에는 쓰고 싶어서 미친 듯이 썼다. 어느 순간부터는 쓰다 보니까 손이 쓰고 있었다. 잠이나 끼니를 거르고 앉아 있다 보니 어깨나 고관절이 아프고, 아무리 스트레칭을 해도 목이 나랑 따로 논다. 손목과 손가락이 점점 내 것이 아닌 것 같은 통증이 밀려오기 시작했다.

긴장이 되면 껌을 씹기도 하고, 커피를 줄창 마시기도 한다. 오늘은 '아, 너무 쓰고 싶어!' 하는 내 마음속 '펑펑펑'이가 갑자기 '펑! 푸슉-' 하고 바람 빠진 풍선같이 되면서 나는 커피는 타 놓은 채 쓰러지듯 낮잠을 청했다.

꿈속에서 나는 지영이와 대화를 나누었다. 지금 지영이도, 남편도 투병 중이다. 캐나다에 와서 만난 동갑내기 친구. 3살 된 딸이 하나 있다. 지금 걔는 너무 아프다. 만나지 못한다. 나는 그녀가 아프다고 연신 문질러 대던 고관절 어딘가가 아파왔다. 주먹으로 쾅쾅쾅 두드리며 잠에서 깼다.

요즘 밴쿠버는 새벽에 비가 쾅쾅 내린다. 우리 집 배수 어딘가 문제가 생겼다. 비가 오는데 집이 부서지는 소리가 난다. 화장실 환풍구에서는 물이 뚝, 뚝 소리를 내며 떨어진다. 무서워서 자꾸 눈을 뜬다. 그렇게 눈을 뜨면 잘 수가 없다. 아이러니하게도, 그 소리로 인해 생각난 스토리로 소설을 쓰고 있다. 소설이라고 하기에는 지나치게 글이 끊어져서 이도 저도 아니다. 사실, 무서워서 쓰기 시작한 거다. 쓰기 시작하면 덜 무서워서. 글이 다 써질 때쯤이면 새 집으로 이사를 가겠지. 점점 예민해진다.

다 식은 커피를 마신다. 다시 쓴다. 아침에 쓰던 글 말고 그저께 쓰던 글 교정을 본다. 갑자기 울컥한다.

지영아, 죽지 마. 악착같이 살아야 해. 너한테는 어린 딸이 있어. 그런데 이게 말이 되는 소린지 모르겠어.

듣는 사람도 없는 혼잣말을 한다.

나는 눈물을 찔끔거리며 껌을 씹는다. 먹다 남은 맛도 없는 커피를 데우러 간다.

쓰는 게 뭐라고

어머나, 한글을 한글답게 읽는 여자가 나타났어

'유튜브를 이용한 세계 여행' 중에 나는 한국에 도착했다.

한글을 한글처럼, 한글답게, 한글이 자부심을 느낄 수 있게 읽는 여자가 나에게 말을 걸었다.

"안녕하세요. 서메리입니다."

나에게는 없는 여성스러움, 나에게는 없는 안녕하세'요' 발음(매우 정확한 '요'에 반했다), 게다가 역시나 나에게는 없는 영어 실력까지. 거기까지만 했으면 덜 매력적이었을 텐데(그랬으면 좋았을지도 모르는데) 나랑 공통 분모가 있었다. 한글 사랑, 책 덕후, 그리고 프리랜서. 아, 망했다. 나는 이 여자에게 입덕.

아무래도 이분은 전생에 세종대왕 정실부인이었지 싶다.

얼굴도 왕비 마마같이 생겼다. 세상은 참 불공평하다.

이름이 참 특이하다. 번역기나 검사기에 넣으면 뭔가 웃길 것 같다. 친구들이 나보고 이상한 거 하고 놀지 말라고 했는데. 고칠 수가 없다. 이상한 놀이는 해가 갈수록 늘어난다. 평생 철 안 들 거다.

네이버 맞춤법 검사기 *Beta*

교정결과 오류제보

서메리입니다

서머리입니다

6/500자 | 내용삭제   검사하기

● 맞춤법   ● 표준어의심
● 띄어쓰기 ● 통계적교정

OFF

그녀는 나의 '서머리'가 되었다.

검색해 보니까 그녀는 책도 냈다.

한국 가는 지인에게 부탁해서 책을 사다 달라고 했다. 아이 좋아. 내용은, 진짜 캐.공.감.

프리랜서들이나 프리랜서 지망생(왜 지망하고 난리야)들은 꼭 읽어 보기를. 많은 부분에 고개를 끄덕이며 읽었다.

나는 사람이 편파적이야. 좋으면 너무 좋고, 싫으면 너무 싫고. 물 아니면 불, 뭐 이런 건가. 물론, 좋고 싫음 사이에는 모름이 있다. 그보다 더 무서운 건 아마도 무관심 내지는 방관.

제주도가 많이 훼손되었다.

한글은 더 빠른 속도로 훼손되는 기분이다.

물론 나도 거기에 동참되어(!) 있기 때문에 할 말은 없다.

쓰는 게 뭐라고

나는 범인(凡人)으로 태어나 남들 하는 것처럼 친구와의 카톡에서 'ㅋㅋㅋㅋㅋ' 하면서 좋은 글 읽는 것을 선호하는 치사한 면을 가진 작자이다. 그러면서 한글을 아름답게 읽어 주는 서메리를 동경하는 순수한 면을 지니고 있다.

어쩌면

내가 좋아하는 가사
가락과 박자
그림, 글귀들

어쩌면,
'에이, 형편없어!'를 반복하다가 '에라, 모르겠다.' 하고 세상에 나온 내용들
인지도 모른다.

2020년 1월 23일
며칠 동안 열심히 쓴 글이 매우 깨끗하게 날아가서
우울하고 산뜻한 오후에

얼굴은 예쁘다고 쳐 줄게요

아이들은 언어의 천재. 단 하루도 놀라지 않은 날이 없다. 가끔은 녹음했다가 받아 적고 싶다. 대부분은 귀여운데 가끔은 짜증 터지며, 어쩔 때는 박수를 쳐 드리고 싶은. 어떻게 저런 표현을 쓸 수 있단 말인가. 어눌하고 서툴다는 것은 이다지도 매력적이구나. 가끔은 생각한다. 저것들은 맞을까 봐 미리 귀여운 거야.

친구네 집에 놀러 갔다. 얘는 우리 애랑 동갑내기 6살짜리 딸과 20개월 겨우 넘은 둘째 딸을 키우고 있는데 그 집에 9살짜리 조카가 놀러 왔다. 그리고 그 집에 내 장군 같은 딸을 데리고 쳐들어간 것이다. 나를 원망하지 마라. 오라고 했잖니, 네가. 이제 너의 집은 쑥대밭이 될 것이다. 허허허허허.

그 집 조카는 내 얼굴이 신기한지 하는 짓이 신기한지 따라다니면서 구경한다.

"이 이모 신기하지? 말 안 하고 가만 있으면 예뻐."

"흠, 그럼."

내 얼굴 가지고 너희들이 왜 그러니. 조카님 왈.

"얼굴은 예쁘다고 쳐줄게요."

응? 그래 고맙다. 내가 왜 고마운지 모르겠지만. 그런데 '얼굴은'은 무슨 의미를 담고 있니?

　애는 그렇다 치고. 친구 너 이 생키야, '말 안 하면'은 또 무슨 의미야. 나 아직 커피 안 마시고 왔으니까 싸우자.

　아름다운 우정의 단면을 보고 계십니다.

엄마가 되면 그저 엄마일 뿐이다

나는 미국 사람이었고, 아이의 엄마였다. 전쟁 상황. 그런데 나는 그런 일이 있을 것을 이미 알고 있었다(엥? 어떻게? 뭔가 전지전능적 시점). 적군이 건물로 잠입하기 전에 숨었고 내 새끼는 품에 안아 숨겼다. 그러나 군인들은 사냥개처럼 우리를 찾아 아이를 빼앗아 갔고, 거기에 아이들을 빼앗긴 어른들에게 프랑스 군인들이 책자 비슷한 걸 펴 보인다. 어떤 미국인 남성이 어디 있는지를 물었다. 그리고 어른들 모두에게 무차별 총격을 가했다. 나도 총은 맞았는데 빼앗긴 아이 생각에 총 맞는 것 따위는 아무것도 아니었다. 죽은 것 같았는데 말 소리가 들리는 걸 보니 안 죽었네? 그 프랑스 군인이 뭘 자꾸 물어본다. 뭐? 잉글리시 페이션트? 그거 영화 제목 아녀? 뭔가 이상하다. 무서워서 눈을 떴다. 꿈이었다.

꿈이니까 총을 맞아도 안 아프군. 영어 멍청이는 꿈에서도 똑같이 영어 멍청이로구나. 일어나서 눈물을 훔친다.

아픈 곳은 따로 있었다. 꿈에서 아이를 빼앗기고 죽어야 하는 엄마의 마음. 우습게도 갈비뼈 언저리가 얼얼하다. 손으로 더듬어 보니 프랑스 군인이 빼앗아간 내 새끼는 검은 머리 한국인. 옆에서 얼쑤 자세로 코를 골고 있다. 순간 안도한다. 엄마란 무엇인가.

세상 쿨- 했던 내가 이런 엄마가 될 줄 몰랐다. 세상에 쿨한 엄마 따위 없다. 쿨한 사랑과 이별을 믿지 않는다. 그저 자기 새끼가 세상에서 제일 귀엽다고 생각하며 키우는 애먼 아줌마가 존재할 뿐이다. 그나저나 프랑스 군인이 쳐들어와서 미국 애기를 잡아가고 에미와 선생님(꿈의 배경이 학교였다)을 잡아가는 일이 있었는가? 밑도 끝도 없이 검색해 보고 싶은 마음이 생겼지만 일단 나는 새벽 5시 반에 깨었어도 할 일이 많으니 생략. 일어나서 시간이 좀 지나니까 감흥이 벌써 사라졌다. 미역국에 밥을 말아 먹을까, 맛있는 김치가 있나 따위의 생각에 잠식되었다.

꿈에서 외국인이 된 것도 처음인데 총을 맞아 사망에 거의 이른 것도 처음이다. 나는 보통 꿈속에서 주인공이 아니다. 그저 미끈미끈 잘도 살아남았다. 시체 속에 숨기도 했고 절벽에서 뛰어내리기도 했으며 심지어 하늘을 날기도 했다. 가끔 일어나서 스스로에게 '너무한 거 아니야? 여기서는 죽어줘야 극적이지!'라며 다그치기도 했다. 그래도 꿈은 꿈이다. 내가 어찌할 수 없다.

심각하게 무서운 꿈을 꾸었는데 내가 꿈이란 걸 눈치 챈 적이 있다. 아우 무서워, 그냥 일어나야지- 해서 애써 일어났는데 말이지. 일어나기 직전에 '다음 편에 계속'이 나왔다. 무섭지만 너무 졸려서 다시 잤는데 꿈속 화면에서 '2부'라고 해서 다시 시작한 적도 있다. 환장한다. 생각, 상상, 꿈에서 도망가기란 쉬운 일이 아니다.

꿈속에서 뭔가를 스스로 조종할 수 있다면 나는 멋진 것만 하고 싶을 것이다. 꿈에서 대단한 자아성찰 같은 걸 할 수는 없지만, 가끔 이렇게 가슴 찡해 가면서 일어나는 것도 나쁘지 않다는 생각은 들었다.

갑자기 영화 '덩케르크'가 생각나네. 내가 본 전쟁 영화 중에는 단연 최고이다. '인생은 아름다워'는- 전쟁 영화라고 하기에는 하트 뿅뿅 귀엽잖아. 라이언 일병을 구하던 시절의 나는 너무 어렸고, 팔과 다리가 날아가던 초반 장면들이 너무 무서워 영화관에서 몇 번이고 일어나려고 난리였다. 덩케르크의 구와앙- 울리는 소리, 느리고 느린 장면에서 침을 꿀꺽꿀꺽 삼켰다. 끝나고 일어나서는 '아휴- 정말 대단하다.' 했는데, 화장실에서 너무 재미없다고 짜증내는 노무스키가 있었다. 저는 좋았으니까 그런 말 말아요. 내가 싫다고 남 들을 때 너무 나대지 말아야겠군요. 좋아하는 사람이 들으면 별로구나. 아무튼 전쟁은 싫어요. 나는 평화를 사랑하는 사람이니까.

어쨌거나 중요한 것은 나는 '전쟁 꿈' 속에서조차도 '엄마'였다는 사실이다. 이 입장이 늘 바뀌지 않는다. 아이를 낳아 키운 이후로 이 상황만큼은 꿈속에서조차 바뀌지 않는다. 엄마란 뭔가. 한 번 엄마가 되면 영원히 엄마가 된다. 그 이전은 없었던 것처럼.

우리 엄마를 관찰(?)해 보면 내 '입장'과 별 차이가 없는 것 같다. 엄마가 좋은지 엄마 아닌 게 좋은 건지는 잘 모르지만 나는 엄마가 되었고, 그 상황 가운데 다른 이것 저것이 포함되어 살고 있다. 이를테면 아내의 입장, 일하면서 가끔 강사님이나 선생님이란 소리를 듣는 입장, 동네 꼬마들이 이모 이모하며 매달리는 입장, 때로는 친구들이 말하는 '이 호구 놈아.'라는 입장 등등.

정리해 보자. 엄마가 되면 '마음'은 엄마가 '주'가 된다. 나머지는 '이것 저것'이 된다. 이게 참 희한하다. 마음과 시간을 거기에 많이 써서 그렇기도 하지만. 흠, 자식 외에 그 다른 어떤 것도 내 몸으로 '잉태'하여 '낳은' 적이 없구나. 살면서 죽을 뻔한 일도 겪었지만 자식을 낳고 기르는 것보다 더 죽을 것 같지는 않았다. 일한 결과물들이 아무리 좋아도 자식만큼 사랑스럽지도 않다. 동전의 양면이다.

엄마와 아빠는 또 다르다. 일단, 남편이 자식을 낳을 수 없다. 고로 나처럼 기를 수 있다고 생각하지 않는다. 대신 그에게는 가장으로 사는 내가 모르는 입장과 고생이 있다. 우리 집 아저씨도 꿈을 꾸면 늘 '가장 역할'로 나와 헉헉대고 있을까?

지극히 개인적인 엄마에 대한 입장 정리였습니다. 귀찮으니까 미역국에 밥 말아서 김치 착 얹어 먹고 커피부터 마셔야겠다. 전쟁이 나서 너무 일찍 일어났어.

꿈속에서, 딱 그 상황에 애를 빼앗기지 않았으면 제아무리 전쟁이 일어났어도 나는 게으른 사람인고로 일어나지 않았을 것이다. 흠, 이제 정말로 끝. 밥 먹자.

쓰는 게 뭐라고

엉망진창이지만 괜찮습니다

제주도에서 살다가 밴쿠버로 이사 간다고 준비하고 있다. 나는 정신 없음 담당, 남편은 실질적 영어 준비 담당. 영알못(영어 알지 못해요)인 나는 뭔가 모르게 늘 주눅들어 있다. 모국어를 그래도 괜찮게 한다고 생각하는데 그걸로는 안 되나요? 매일 나는 새벽에 자꾸 깨어서 뭔가를 하고 있는데, 정신 차려서 보면 뭘 했는지 모르겠다. 뭘 하는지 모르겠는데 뭔가를 자꾸 해야 된다는 강박.

사람은 늘 그런 생각으로 살고 있을지도 모른다.

사람은 안 보이는 것, 겪어 보지 않은 것에 대해 막연히 두려워한다. 그것이 뚜렷하게 보여서 익숙해지기 전까지 계속 두려워한다. 난 단지 지금 그런 상황일 뿐이다. 눈에 보이지 않고 손에 잡히지 않는 모든 것들이 그랬듯이. 안 살아 본 외국이어서 더하다.

하아, 무서울수록 두 눈 시퍼렇게 뜨고 똑바로 그놈과 마주해야 한다. 처음에만 으아아아- 하고 놀란다. 귀신도 똑바로 쳐다보고 5분 정도 지나면 무섭지 않을 것이다. 안 보이는 무언가를 마음을 술렁술렁하면서 기다릴 때가 제일 무섭다.

공포의 정체를 '똑똑히' 확인해야 한다.

그래, 너로구나. 영어 네 이놈!

왕따 '당한' 이들을 위하여 씁니다

이 글은 왕따 '당한' 아이들, 혹은 그로 인한 상처가 지금도 있는 '어른이'들을 위해 썼다. 그런 색깔의 아픔을 가진 사람들을 위해 쓴 헌정 수다이다.

자기 자신이 아웃사이더라고, 왕따 같다고 생각하는 사람들을 위해. 나는 기회가 되면 뛰어내리려고 바다를 보러 갔던 사람이니까 이런 말 해도 괜찮다.

나라는 인간이 보나마나 두서없이 쓸 것이므로 중요한 내용을 먼저 쓴다. 인생은 중요한 것부터, 하고 싶은 것부터 앞에 두어야 한다. 항상 숨으면 비겁하다. 이제 왕따를 다시 당하는 상황이 오면 싸울 준비가 된 내일 모레 마흔인 아줌마다. 덤벼라, 나쁜 새끼들. 아, 만약을 위해서 운동해야겠다. 그런데 이제는, 남 신경 쓸 시간이 없이 나에게 충실하기 때문에 뭐. 신경 안 쓸지도.

고등학교 때 한 친구가 따지듯 물은 적이 있다.

"넌 장르가 뭐야? 날라리야, 범생이야?"

아, 너무 이분법적이다. 물론 내가 대답이 확 나올 라인이 아니어서 더 짜증났을지도. 그러나 훌륭한 질문이었다.

나는 5초 정도 고민하고 말했다.

"놀라리. 그러는 너는?"

놀란 그 표정에 나는 한층 여유로워졌다. 넌 나한테 국어로는 안 돼. 어쭈, 하고 질문은 했지만 자기 자신의 장르에 대해서는 고민해 보지 못한 모양이지? 걔는 말로 바로 눌렸다. 다시는 나랑 따로 보지 않았다.

그러는 너는 누구니? 나는 말이다, 노는 거는 좋은데 '발랑 까지기'는 싫다 이거지. 그냥 학교에 오래 남는 게 싫고 그 시간에 음악 들으면서 바닷가에 앉아 있고 싶다 이거야. 응원은 하고 싶은데 후배를 들볶는 게 진정한 선배 교육은 아니라고 생각하는 유의 인간 정도로 생각해라. 학교가 군대냐? 왜 자꾸 선배들이 후배를 잡고 난리야. 네가 친구로 위장하고 있어서 그런 줄 알았는데 갑자기 밖으로 불러내서는 밑도 끝도 없이 따지고 지랄이야. 그룹이 확실치 않은 나 때문에 헷갈린다냐? 없는 그룹이면 내가 새 카테고리를 만들도록 하마. 남에게 그런 질문하려면, 네 방식의 답 정도는 갖고 있어야지 않겠니?

나는 초등학교, 중학교 때 왕따를 '당해' 봤는데 모든 이유가 이토록 불합리하다. 나쁜 새끼들. 남 덮어놓고 괴롭히는 것들은, 덮어놓고 좀 맞아야 돼.

솔직히 내가 한국에서 내 새끼 학교 안 보내고 싶었던 이유가 이놈의 왕따 문제 때문이다. 왕따는 완전 재수 없는 로또다. 그냥 그런 나쁜 노무새끼 눈에 들었는데, 그 노무 새끼가 힘이 세거나 돈이 많거나 쪽수가 많거나 따위의 권력을 가지면 그냥 당하는 거다. 나? 성격 그렇게 만만한 사람 아니었다. 그런데 그런 것들이 징그럽게 붙었다. 몸집이 너무 만만하긴 했지. 뭐, 착하기도 했지. 왕따로 찍히면 선생님이나 부모님이? 절대 못 막아 준다. 더러는

'안' 막아주기도 한다. 귀찮거든. 뭔 상관이야, 애들이 다 그러면서 크는 거 아닌가요. 개소리.

왕따에 대해서 한국은 지금 방법이 없다. 모두 화가 나 있는 사회. 한 놈 걸리면 죽이려고 달려드는 사회. 모든 사람이 알고 있는데 왜 바뀌지 않는 거지? 법 바꾸는 사람들이 안 바꿔 주는 거다. 왜 그럴까? 그 사람들이 그 힘이 있기 때문이다. 자기 자식이, 다른 아이들을 왕따시키고, 위에 군림하고 있으니까 그래. 자기처럼, 자기 자식도 상위 지배자라는 생각이 있으니까. 자기가 왕따 안 당하는 계급(이라고 말 안 하고 싶어도 딱 맞는 단어 생각이 안 나)이니까 그래. 물론 그 외에도 이유는 많다.

세상은, 좋은 것의 발전 속도보다 정신적으로 안 좋은 쪽의 발전 속도가 광속으로 빠르다. 왕따시키는 방법은 갈수록 치밀하고 잔인하게 진화한다. 그걸 어떻게 막을 것인가.

안타까운 소식 하나 더. 내가 자라고 늙으면서(?) 보니, 남 괴롭히던 그 새끼들이 더 잘 먹고 잘산다. 그것들? 보통 부모가 돈도 많고, 성형도 시켜 주고 유학도 보내 준다. 다른 사람 밟고 올라가서 성공한다. 남 보기 좋은 조건으로 결혼해서 애 낳고 자기 자식 또 그렇게 키운다. 내가 뭘 어쩔 것인가. 흠흠, 친절한 금자 씨가 생각나는군. 금자 씨, 도와줘요.

내 자식도, 내 옆집 자식도, 내 자식 반의 친구들도 다 보호해 줘야 한다. 같이 잘되어야 한다. 그래야 상생한다. 한국은 근본적이고 대대적으로, 보편적으로 이런 교육을 해야 한다. 내가 대학생들을 위한 재능 기부 강의할 때 남편이 슬쩍 비웃었다. 그 시간에 돈을 벌지. 그런다고 한국이 바뀔 것 같아? 당신이 애를 키우고 싶은 곳으로 변하겠어? 자기는 홈스쿨링 시킨다며? 나대지 말고 돈을 버세요. 나는 그런 남편을 대놓고 비웃었다. 일단 쟤가 비웃으면 나도 같이 웃어 줘야 이길 수 있다. 시간을 벌면서 답을 찾아야 진정한 고수.

"그거야 모르지. 그렇지만 나는 '지금 내가 할 수 있는 일'을 하겠어. 유관순 누나가 광복 날짜 받아놓고 태극기 들고 나가신 줄 알아? 내가 먼저 태극기 들고 나가서 흔들고 소리지르고 있으면 다른 누나들도 오는 거야."

그저 우리 서로 따스함을 나누자는 거다. 세상이 너무 춥잖아. 나도 그땐 너무 추웠다. 제주 바닷바람은 차갑다.

왕따 없는 세상은 오는 걸까?

내 남편 이론, 그런 걸 조장하는 인간들을 '육식 동물'이라고 한다. 초식 동물인 우리 같은 사람들은 그들의 생태와 욕심, 이기심과 어디까지 할 수 있는지를 이해하지 못한다고. 그걸 아는 순간 표적이 된다고. 어머나, 명언일세. 책도 안 읽는 당신은 어떻게 그런 걸 깨달았어? 알고 보니 천재였군.

글 운전 실력이 워낙 지랄 맞다. 삼천포로 빠지고 아이고 멀미야 하면서 자빠질 수준이다. 그렇지만, 가슴이 뻐근할 정도로 항상 쓰고 싶었다. 정리가 안 되어서 그렇지. 영상과 SNS가 파급력은 크다. 그런데 나는 그런 거 할 줄 모른다. 그리고 좀 무서워(?)한다. 내 스타일은 아날로그니까, 가장 잘할 수 있는 방법으로 진솔하게 '써서' 전하고 싶었다.

"고정관념과 왕따가 사람 죽인다."

한국 학교가 그렇다고요. 임금님 귀는 당나귀 귀.

요즘 세상에 누가 종이 위에 쓰여진 글을 읽어 줄 것인가. 내가 쓴다고 마음 아픈 그 아이들이 읽을 수나 있을 것인가. 그래도 쓴다. 마음을 담아, 이 부분을 꾹꾹 눌러 쓴다. 방법은 있을 것이다.

네 잘못이 아니야. 그 새끼 잘못이야. 네가 빛이 나서 그래. 본인들 열등감으로 흙을 뿌려 대며 널 괴롭히는 거란다. 그렇지만, 너를 밟히도록 놔두지 마. 자, 오늘부터 너도 꿋꿋하게 지금을 살아. 어깨를 펴고 당당하게 너의 길을 가. 오늘부터 1일이다?

나라 자체적으로 제발, '왕따시키는 것들'은 수단 방법 가리지 말고 체로 걸러서 학교를 지들끼리 따로 만들어 주세요. 그렇게들~ 하고 싶다니까. 즈 그들끼리 서로 돌아가면서 왕따시키고 왕따당하게.

요즘 글을 쓰면서 신경 쓰는 것

내가 정말 쓰고 싶어서 쓰는 글인가?

재미가 있나? (나는 이제 정말 중요하다)

잘 읽히나? (가독성, 글이 아무리 좋아도 집중력이 확 떨어지게 만들면 힘들다)

했던 말 또 하는 거 아냐? 그건 우리 엄마로 족하다.

그런데 나이 먹을수록 그렇게 되는 것 같아 매우 조심스럽다. 조심한다고 되는 것도 아닌 것 같지만.

기존에 안 한 말인가? 아니, 덜 한 말인가?

꼭 해야 한다면 차별화가 되었는가? 어떻게?

이 글이 타인에게 도움을 줄 수 있는가?

줄 수 있다면 구체적으로 누구에게?

내 마음과 생각이 어디까지 내려가서 글을 썼는가?

요즘은 거의 수도승처럼 새벽 세 시에도 빗소리에 깨어 글을 쓴다. 차례대로, 혹은 무작위로 글을 손 보고 다시 보고 한다. 그러다 집중력이 떨어지는 것 같으면 노노- 하면서 옆에 있던 책 한 권을 집어 든다.

막 읽다가 보면, 막 쓰게 된다. 그게 정상이다.

어릴 때 작가가 되고 싶었던 시절에 썼던 글을 옮겨 본다.

"표지가 우와- 예쁜 책, 그래서 사고 싶은 책,

내용이 좋아서 모두 밑줄을 긋고 싶은 책,

드는 순간 가볍고 손에 착 감기는 느낌이 좋은 책,

마음이 외로울 때 늘 들고 다니는 것만으로도 위로가 되는 책"

이 모든 조건이 충족되는 그런 책이 세상에 존재하기는 하는지요.

쓰는 게 뭐라고

신상 취미

내가 쓸 책 제목을 생각나는 대로 쓴다.

그게 인터넷에 존재하는지 검색해 본다. 그런 책이 시중에 나와 있는지. 없으면, 기록해 둔다. 너무 비슷한 게 있으면 빼기도 한다. 이게 내 즐겁고 창의적인(?) 글 쓰기 습관에 도움을 주는지는 의문이다.

글 쓰고 싶은 주제들을 '팟파라팟팟' 하고 써 둔다. 사실 요즘은 그거 보고 쓸 필요도 없다. 그냥 줄줄 써진다. 어깨와 어깨 사이가 간질간질하면서 글이 막 써진다. 너무 급격하게 써지니까 목뼈도 아프고 손가락도 아픈데 그렇게 줄줄줄 쓰고 있다. 나중에 이 에너지가 다 소진되면, 미리 써 둔 책 제목과 쓰고 싶었던 주제들을 들여다보면서 고민하며 쓰고 싶다. 항상 신나게 줄줄줄 쓰고 싶지만 이 순간이 영원할 수 없다는 걸 잘 안다.

일단 나는 타고난 체력이 부족하다. 글은 솟아나는 때도 있고, 이삭처럼 주워야 할 때도 있다. 길어 올려야 하는 때도 있다. 다른 곳에 가서 퍼 와야 하는 번거로운 시절도 있다. 여기 있는 걸 긁어서 저기다 붙여야 하는 경우도 있고, 지금 쓰는 걸 통째로 울며 버려야 하는 시간도 있다. 제아무리 사노 요코가 살아 돌아온다고 해도- 이따위 쓰레기를 누가 봐, 큰소리치면서 '그래도 내가 이걸 얼마나 고생하며 썼는데.' 하며 뒤돌아볼 것이다. 창작하는 사람들은 다 그렇다. 글이, 그림이, 음악이 내 새끼다. 아무 생각 없이 버려지는 종이 쪼가리는 없다.

모든 과정이 숭고하다. 술 마시고 쓴 글을 정신이 맑은 어느 날 모조리 버릴 때는 있지만, 교정 없이 마음에 드는 날은 단 하루도 없다. 생산적인가. 끝까지 한땀한땀 바느질하는 마음. 마무리를 봐 주는 사람이 없음을 알면서도 마지막까지 똑, 소리가 나기를 바라는. 삐뚤삐뚤 갔다고 매번 다 투두둑 뜯을 수가 없다. 구멍난 면 보자기가 된 기분. 마음에도 글에도 그날의 결이 있다. 오늘은 쓰다 말고 자꾸 눈물이 난다. 아, 나는 이것밖에 안 되는 건가.

살면서 감사한 것 중에 하나는, 내가 그때를 몰라 뵈었어도 '그때'가 나를 알아보고 와서 손을 잡아 줬다는 것. 나는 그가 부아아앙 하면서 나를 날려 버릴 만큼, 기차 마냥 달려와 부딪힌 적은 없었다. 기회란 참으로 매번 신사적이었다. 어느 날 갑자기 알던 얼굴로 와서 안녕- 하고 인사한다. 손을 잡고 '준비됐어? 이제 나랑 가자.' 한다. 키다리 아저씨처럼. 고맙다. 많이 고맙다.

고흐의 색채를 깊이 동경하지만 귀를 자르고 싶지는 않다. 나는 그냥 평범한 사람이다.

쓰는 게 뭐라고

우리가 바라고 원하는 친구

사람은 가족 이외에 대화하고 함께 발전하며 지지해 줄 누군가가 필요하다. 그런 존재를 '친구'라 한다. 친구는 내가 선택할 수 있는 또 다른 가족이라며. 뭐, 꼭 학창 시절부터 쭈욱~ 알고 지내야 한다는 말이 아니다. 한국에서는 보통 이 말을 많이 한다.

"어떻게 알고 지내는 사이야?"

이걸 꼭 알아야 직성이 풀린다. 별로 관심도 없으면서. 아무 생각 없이 물어보지 말자. 생각 '있이' 물어보자. 남들이 다 그렇게 물어본다고 똑같이 물어보는 건 재미없다.

가족에게 할 수 있는 얘기가 따로 있고 친구에게 할 수 있는 얘기가 따로 있다. 심지어 친구 종류(?)도 분리된다.

"걔랑 친해?"

이걸로 일단 분류됨. 한국에서는 서로 친하다는 기준이 '서로의 비밀 한둘은 공유하는'으로 정의되는 듯하다. 가정사를 다 알거나 등등.

1. 육아 코드가 맞아서 육아로 통하는 친구
2. 가정사가 비슷해서 그 내용을 공유하는 친구

3. 학교 다닐 때 추억의 교집합으로 만나는 친구

4. 회사 동료로 만나 같이 일하고 말도 통하여 이후로도 만나는 친구, 군대 동기도 여기 포함

5. 여행 가거나 병원 등에서 우연히 만나 알게 된 친구

6. 내 말을 잘 들어 줘서 하소연할 수 있는 친구

7. 나의 발전을 위해 아낌 없이 응원하고 지원해 줄 수 있는 친구

8. 기적적인 인연으로 이어진 친구

대체로 이 정도 될 것 같다. 물론 기타 등등이 있겠지만.

여기서 두세 가지가 합쳐지면 금상첨화.

내 경험상 정말 만나고 싶지만 쉽지 않은 친구는 6번과 7번이다. 8번은 말 그대로 기적. 내 마음 괴로울 때 '이 친구라면 내가 고민하지 않고 연락해서 얘기할 수 있다.' 하는 친구가 있으면 인생 잘 살았다고 할 수 있지. 잘 들어 주기만 해도 환상적이다. 정말 어려운 게, 친구가 변화와 발전을 원할 때 응원하고 지지해 주는 것. 아울러 목표한 바를 이루고 해냈을 때 진심으로 축하하고 자기 일처럼 여겨주는 것. 정말 어렵다.

나는 그동안 도전하고 공부하며 살았다. 아이러니하게도 나의 발목을 잡는 것은 가정 형편과 주변 사람들이었다.

그렇게 해서 되겠어? 지금 그건 안 되는 일이야. 돈이 없잖아. 어려워. 힘들어. 안 돼. 시간이 없어. 사기일지도 몰라. 그건 그냥 이상이야, 꿈이랑 현실이 같냐 등등.

쓰는 게 뭐라고

길을 가다 보면 내 곁을 '지나가는' 사람이 있다. 힘들었지만, 나는 그 사람들을 '지나가는' 사람으로 생각하려고 노력했다.

지금 내 곁에는 대부분 나의 말을 들어 주고 지지해 주는 사람들이 남았다. 또한, 그런 사람들을 새롭게 만났다.

내 곁에 헛소리만 하고 있는 사람들로 가득하다면, 그 자리를 박차고 나와라. 나를 사랑하고 믿어 주는, 좋은 방향으로 안내해 주는 사람에게로 가서 손을 내밀자. 없다면? 차라리 좋은 책들을 옆구리에 끼고 혼자서 그 길을 가라. 부정적인 말만 골라서 늘어놓는 이들에게 나의 소중한 시간과 마음을 내주지 마라. 스스로에게 '하고 싶은 것을 하고, 이루며 느끼는 희열'을 선물하는 삶을 살 수 있다. 자꾸 '못한다'는 사람들에게 잠식당하지 않길 바란다.

내가 멋지고 좋은 사람이 되면, 내가 원하고 바라는 친구가 나에게 자석처럼 딸려온다. 친구가 하나라도 있다면 일단 그에게 좋은 인연, 고운 사람이 되어 주는 건 어떠신가요. 내 인생의 디자인은 내가 결정하자고요. 더러운 보자기에 묶여서 질질 끌려다니지 말고. 내가 원하고 바라는 친구의 모습으로 내가 변해 보는 건 어때요.

원래 이상하다는 말은 '우와, 멋지다'와 동의어일지도 몰라

어릴 때는 모른다. 어른이 되면 어른의 세계가 따로 있다는 것을. 그때, 얼굴에 파우더 따위 칠하지 않아도 너무나 예쁘다는 것을.

학교 공부가 알고 보니까 성적표를 위한 암기였다는 것을. 나를 가르치는 선생님이 나중에 보면 새파랗게 '젊은 아이'였다는 것을. 십 년 뒤에 보지 못할 사람들에게 그렇게 상처받았다는 것을. 그 사람들은 내 이름 석 자 기억하지 못할 수도 있다는 것을.

교과서보다도 만화책에서 읽은 한 줄이 내 평생 영향을 끼칠 수 있다는 것을. 물론, 오늘 읽은 만화책이 내일 볼 시험에는 하나도 영향을 끼치지 않는다는 것을.

그때는 모른다.

지금 짝사랑하는 여자 사람 친구가 내 친구의 아내가 될 것을. 인생은 그렇게 황당하고 어처구니 없는 일들로 이루어진다는 것을.

그렇게 어렵게 들어간 직장을 매일 '그만 둬야지' 노래 부르며 3년 더 다닐 것을. 연애도 회사도, 그렇게 하지도 끊지도 못하고 질질 끌려다닐 것을. 어쩌면 끌려다니는 것은 내가 선택한 현실이라는 것을.

더불어, 생계에 끌려다니고 있지만 조금만 고개를 들면 꿈이 멀지 않다는

쓰는 게 뭐라고

것을.

　지금도 모른다.

　지금은 화장을 안 하면 안 되는 나이라고 생각하지만, 20년 후엔 마흔까지는 화장 안 해도 예쁘고 젊은 나이라고 할지도. 그때 질질 끌려다닌 시간이 있었기에 지금은 내 방식을 찾았다고 생각할지도.

　아이와 남편 때문에 희생했다고 생각했지만 알고 보면 그들이 나를 더 나은 사람 만들기 위해 희생했을지도. 우리 모두는 자기 인생의 주인공이듯, 타인들은 주인공인 극에서 우리를 조연으로 쓰고 있을지도. 내 눈'빛'을 누구에게 비추고 있느냐로 그런 것들이 정리되는 것일지도.

　공부하고 배우면 몰랐던 사실을 알게 된다. 시간의 흐름을 통해 의식도 흘러간다. 때로는 공간이 나에게 공기로 말하는 느낌을 받는다.

　아름다운 음악을 듣고, 글을 쓰고, 말을 하고, 춤을 추는 것. 예술이라고 부르는 모든 것. 어쩌면 그들은 '한 얼굴의 신(神)'일지도 모른다. 그래서 서로 다른 분야에서 같은 듯 다른, 다른 듯 같은 영감을 받는 건지도 모른다.

　겨울에 여행하면서 나무와 대화한 적이 있다. 모두 잠든 새벽, 동틀 무렵에 나는 난생처음 여행간 제천 시골 동네의 오래된 나무를 만났다. 겨울 한가운데 그와 나는 나란히 서서 시와 같은 언어로 말했다. 바람은 차갑고 아무도 없는 고요한 새벽. 바람에 흔들리는 나무의 부스스 소리. 나무의 뿌리는 깊고

넓게 뻗어 있었다. 끝은 어디일까. 때를 따라 흔들리는 많은 가지와 몇 남지 않은 이파리의 파드득거리는 아득함. 웅장함이나 비장함 따위는 없었다. 그저, 그는 나이가 많은 겨울 나무. 인생 가운데 그저 스쳐 지나간 많은 나무와 다르지 않았다.

우리 다시 만날 수 없겠지만 그 나무에 손을 대고 나는 울었다. 그 나무가 뭐가 달랐는지 난 지금도 모른다. 그게 무슨 느낌인지. 그의 뒤로 갈려 지나간 논이 누렇게 해를 받아 빛나기 시작할 때 오르던 흙 냄새가 지금도 생생하다.

다른 사람들도 그런 생각을 하며 살까? "나무랑 얘기해 봤어?" 물어보면, 너 오늘 약 안 먹고 나왔냐고 한다. 내가 먹는 약이라고 하면, 커피 말씀이신가요?

고등학생 이후로는 강의나 상담 때 말고는 '이상한' 질문을 잘 안 한다. 한 번 '이상한' 질문을 해 보고 대답이 '정상인' 범주에 있으면 나는 더 이상 그런 질문을 그에게 하지 않는다. 어릴 때는 "넌 왜 그렇게 이상한 말만 하냐?" 하면 상처받았다. 어쩌면 내가 이런 사람이라 '어린 왕자'를 좋아하는지도.

그런 내가 결혼씩이나 하고 애까지 낳았다.

아이들이란- 궁금하면 질문하고 시간 내내 '놀기 위해서' 태어난다고 믿는다. 아이가 뭘 물어보면 난 항상 "우와, 좋은 질문이네?" 하고 말한다.

하늘은 왜 높아? 어제는 파란색이었는데 오늘은 왜 회색이야? 엄마는 왜 엄마고, 아빠는 왜 아빠야? 서현이는 왜 학교를 가야 해? 엄마 학교는 어디야? 친구들은 왜 자기 맘대로만 하려고 해? 왜 드래곤은 입에서 불이 나와? 독사는 독을 어떻게 먹었어? 그런데 왜 안 죽어? 아빠랑 서현이 중에 누가 더 좋아?

아가, 그 이상한 질문들이 정말 멋져. 참 근사하다. 네가 아직은 기억하지 못할 것 같아서 엄마가 여기에 써 둘게.

"원래 이상하다는 말은, 엄청나게 멋지다는 말과 동의어일지도 몰라."

뭐든 그랬다. '아, 알았다.' 하는 순간에 후욱- 하고 멀어진다. 알면 알수록, '아무것도 모르는 사람'이 되어 가고 있다. 가끔은 돌고 돌아 제자리로 돌아와 '단 한 줄'로 정리되어 마침표를 찍기도 한다.

위대한 발견

요즘 하루 평균 10시간씩 글을 쓰다 보니 위대한 발견을 했다. 우주 유일 고전 평론가 고미숙 선생님을 능가하는 우주 유일의 발견 혹은 발표일지도 모른다.

글 쓰는 여자들의 루틴은 얼추 비슷하다. 다들 몰래 '숨어서' 쓴다. 물론 남자들도 쓸 때는 숨는다. 내가 여자인고로 숨어서 쓰는 여자가 더 불쌍하게 느껴진다. 나는 원래 대놓고 남녀차별 한다. 운전 못하는 사람은 직진이 편하거든. 깔깔깔.

'글 쓰는 것 = 작가, 혹은 백수'

나는 고미숙 선생님의 강의를 우연히 듣고 무릎을 치면서 깔깔 웃었다. 백수는 미래다. 글을 쓰면서 밥도 먹고 살 수 있다. 선생님의 책은 읽었으면서도 기억을 못하고 있었네요. 죄송합니다. 백수연대 대선배님.

제가 아주 백수였던 적은 없지만, 회사 생활 이후는 내내 프리랜서였기 때문에 엄청나게 공감했습니다. 프리랜서는 비정규직이란 말과 동급. 프리랜서는 평소엔 남 보기에 백수.

숨지 말고 글을 대놓고 쓸 수 있는 세상을 만들자. 궐기하라. 이것은 차라리 혁명!

앗하하하, 저는 요즘 글을 쓰고 있습니다. 보여 드리기는 민망하지만. 어머, 글을 써요? 근사하군요- 하는 세상이 와야 한다. 습관적으로 글을 쓰는 것은 굉장히 지적인 행위이다. 때 되면 밥 먹는 건 당연하게 생각하면서 쓰기가 고파서 쓰는 것은 한량이라고 하느냐. 밥 안 먹어 굶어 죽는 사람이 있듯이, 안 써서 존재의 가치를 찾지 못하고 영혼적 아사를 하는 사람들도 적지 않다.

밖에 나가서 태극기를 흔들어야 하거늘, 나는 오늘도 커피나 홀짝이면서 숨어서 글을 쓴다. 조만간 대놓고 글을 쓰는 광복의 시대가 오겠지. 지금 밴쿠버는 마이 춥다. 자신감을 빼앗긴 글쟁이에게도 봄은 온다.

유언

나는 뽑힐 때까지도 몰랐다
내가 잡초란 것을

그가 욕하고 저주하며
힘들게 뻗어나간 뿌리를
땅에서 서럽게 뽑아내기까지도
나는, 존재에 대해 자긍하였다
바람과 흙과 햇빛과 공기에 감사하고
때때로 삶을 간질이는 지렁이와
노래하는 풀벌레의 목소리를
절절하게 사랑했다

내 삶을 송두리째 뜯어내는 너여,
네 삶에는 참빛이 있는가
영혼의 뿌리는 어디에 있는가
내가 던져지는 이 순간에도
나는 너를 비웃는다

나는 이미 수많은 씨를 뿌렸다

오냐, 다시 돌아와 내 땅을 지키리라

후기(?): 잡초를 뽑는데 나는 비장해졌다. 어허.

잡초를 뽑으면서 잡초 입장에 빙의되어서는 멍을 때리고 자빠졌다. 이래서야 진도 나가겠는가.

땅이 아파한다고 생각하면 갈지 못하는 거지.

잡초 뽑기 싫은 건 아니고? 깔깔깔.

읽고 교정하는 일을 계속 하다 보면

그 말이 그 말 같고, 아까 읽은 게 이건지 저건지 어지러워지기 시작한다. 분명히 저장하고 잤는데 다음 날 보면 이게 그건지, 그게 이건지. 뱅글뱅글 돈다. 나도 돌고 얘도 돈다. 술을 마신 것도 아니고, 밤을 샌 것도 아닌데 상 멍청이가 된 기분이 들면서.

멍 때리다가, '으아아아' 한다.

그러다 그냥 '에이, 몰라.' 하고 닫는다.

그리고 정신이 돌아오면(?) 다시 앉아서 그 짓을 한다.

교정 도돌이표. 대단한 의무감 내지는 사명감을 가지고 해야 하는 일이다. 내 글에 대한 예의, 읽는 분들에 대한 의리. 부끄러운 글을 덜 부끄럽게 만들기 위한 몸부림.

한참 그러다가 해가 나는 바깥에 나가면 어지럽다. 내가 다른 세상에 와 있는 기분이 들기도 한다. 동굴 속에서 쓰기라도 했나. 바깥으로 나오면 볕이 한없이 밝기만 하다. 해가 뜨거나 지는 시간이 점점 좋아진다.

어쩌면 '이상한 나라의 앨리스'는 작가 자신일지도 모른다.

저는 지금 말을 배우고 있습니다

나도 네다섯 살에는 저런 귀여움이 있었을까.

집에 뛰어다니는 꼬맹이를 보면서 흐뭇해하다가 화장실도 못 가게 결박해 놓고 에미를 자기 노예화(!)시키면 화가 난다. 그렇지만 우아하게 웃는다. 엄마 주제에 어딜, 화가 났다고 인상을 쓰겠느냐. 낳은 죄. 가장 고귀한 죄인, 어머니.

'도리를 찾아서'라는 디즈니 만화영화를 같이 보는데, 대사보다 질문이 많다. 그 질문에 보통 열에 아홉은 '왜'가 들어간다. 물론 바람직하다. 애들은 질문을 많이 해야 정상이다. 그렇지만 뭔가 대답하기 어려워서 또 화가 난다. 이것은 무지한 에미 탓. 슬슬 뒷목이 당겨오기 시작할 때 이 영리하고 혀 짧은 놈은 질문을 멈추고 대사를 따라 하기 시작했다.

영화 대사: 집으~로 간다네.
꼬맹 대사: 지브~요 간다네.

영화 대사: 저는 '마린 걸'입니다.
혀 짧은 내 새끼는: 저는 '말린 거'입니다.

우리 집 '말린 거'는 요즘 '말(word)'을 가지고 놀고 있습니다.

정말 신기하다

무식하고 무모하게, 짧게 쓰려고 노력한다. 그래서 아직 멀었다. 쓰다 보면 내일 읽지 못할 글이 날마다 나온다.

나도 읽기 싫은 글을 남이 읽어 주겠는가.

무식하게 줄이다 보면 하이쿠가 된다.

한 글자만 남았다가, '퐁'하고 땅속으로 사라지기도 한다.

진짜 신기한 것은, 며칠에 걸쳐 수정하고 또 수정했는데

오늘 보면 또 수정할 내용이 있다는 거다. 내 주변에 '수정'이란 이름 가진 사람이 유난히 많이 있었다. 수정이의 저주인가. 이름을 잘 지어야 한다. 물어보니 그 수정이 그 수정이 아니라고 한다. 요즘 아재 개그가 취미예요.

아, 정말 그만 고치고 싶다.

성형이란 게 이런 기분일까. 성형 중독된 대학생을 상담한 적이 있다. 해도 해도 또 고칠 곳이 있단다.

나도 그렇다. 이놈의 글이 말이다. 봐도 봐도 고칠 곳이 있다. 뭘 그렇게 썼다고 자꾸 고치려고 드는 게냐. 원고가 자꾸 사라지지 않느냐. 이래서야 무슨 책을 쓰겠느냐.

'퐁'하고 '그동안 즐거웠어.'로 끝나고 싶은 게냐.

원래의 형태가 남지 않을 때도 있다. 내가 쓰고 내가 몰라본다고 해야 하나.

그래서 작가보다 독자들이 글을 더 잘 기억할 수 있는지도 모른다. 만약 한 줄이라도 읽을 가치가 있었다면, 저에게 '퐁'은 아니었다고 얘기해 주세요.

희망은 좋은 거랍니다. 아무리 거지 같았어도 거지 같다고 얘기하진 말아 주세요. 희망을 주세요.

책 먹는 여우는 그 후로 그 후로 어떻게 살았을까

날마다 쓴다. 새벽에 일어나서.

왜 득달같이 새벽에 일어나느냐고 하시길래. 일단 시간이 없어서다. 내가, 나를 위해 쓸 시간이 없다. 어린 애 키우는 엄마는 원래 그렇다. 텔레비전도 안 보고 인터넷 뉴스도 들여다보지 않는 사람이 시간이 없다니. 사람들은 '원시인'이나 '자연인'이라 하고 우리 동생은 '독한 년일세.' 한다. 너무 보고 싶은데 안 보는 거면 좀 고통스럽겠지만, 나는 이렇게 산 지가 꽤 오래되어서 괜찮다. 물론 나도 '유튜브 타고 세계 일주'를 할 때가 종종 있다.

글을 쓰는 습관은 항상 있어 오던 것인데, 요즘은 정말 미친 듯이 쓴다. 나는 왜 쓰는 것일까?

쓰고 싶어서 쓴다. 안 쓰면 펑펑펑, 터져 버릴 것 같은 기분이라고 해야 할까. 그리고 지금 내가 할 수 있는 유일한 '일'이기도 하다.

모국어가 그립다. 사람들은 외롭고 그리우면 글을 쓰고 그림을 그린다. 노래를 부른다. 종이에 쓰기도 하고 마음에 그리기도 한다. 입으로 부르고 귀로 듣는다. 오늘 하루도- 읽다가 쓰고, 쓰다가 읽는다. 마법에 걸린 것처럼 그렇게 살고 있다. 내 안에 있는 모든 모국어를 불사르고 있다. 그렇지만 쓴 내용을 보면 재밖에 없다.

쓰는 게 뭐라고

우리 집에《책 먹는 여우》라는 책이 있다. 집에 영어판과 한국어판이 있는데, 영어 모르는 나도 영어로 읽어야 재미있다. 작가가 독일 사람인데 이러다 읽지 못하는 독일어판을 살지도 모른다. 원래 책 덕후들은 이렇게 이상한 짓들을 한다. 독일어판은 어디 있나요.

내용은 이렇다. 책을 읽고 먹는 여우가 살았는데, 얘가 책 살 돈이 없어서 책을 훔친다. 그리고 그걸 읽고 먹다가 잡혀가서(얘가 완전 범죄를 저지를 수 있는 체질이 못 됨) 감옥에 들어가는데, 책을 못 읽는(못 먹는) 벌을 받게 된다. 여우와 함께 절규했다. 아아, 너무 잔인한 벌이야. 이런 벌을 생각해 내다니, 하며 또 감탄한다. 나는 책 먹는 여우를 나와 동일시했다. 그 여우는 생각했다. 이러다 나는 죽고 말 거야. 그리고 엄청난 분량의 글을 쓰기 시작한다. 여우가 써댄 이야기를 읽고 감탄한 감옥지기는 그걸 책으로 출간하고, 그 뒤는 생략.

나는 스포일러를 좋아한다. 결과가 궁금해서 견딜 수 없다. 결과 먼저 보고 과정을 보기도 한다. 영화 보러 가기 전에 어떻게 끝나냐고 물어볼 때도 많다. 사람들이 "진짜로 얘기해 주길 바라는 거야?" 한다. 정말입니다. 너무 긴장하면 오줌이 마렵던데. 나는야 손톱 방광. "브루스 윌리스는 귀신이다!"

아, 그 여우 이야기는 정말 끝내준다. 읽을수록 끝내준다.

여우가 책을 훔치러 갈 때, 나는 심장이 쫄깃해졌다. 딱 잡혀갈 것 같다. 그런데 정말 잡혀간다. 그것 봐, 내가 그럴 줄 알았어. 도둑놈이 뭐가 그렇게 허술해? 몰래 하루에 한 권씩 훔쳐야지, 타박한다. 그러면서도 뭔가 공범이 된 기분이다. 그리고 감옥에서 책을 쓰고 있는 여우 옆에서, 나도 지금 쓰고 있는 것 같은 착각을 한다.

캐나다가 감옥은 아닌데, 감옥이 되었다. 나는 모국어로 된 책을 실컷 읽고 살았는데 그러지 못하네. 한국 책이 너무 비싸. 한국어책이 가득한 교보문고 따위는 더더군다나 없고. 나는 눈치 안 보고 어느 나라 책이든, 책 좀 실컷 사 읽을 수 있는 만큼 돈을 벌고 싶다. 책 읽으면서 기호에 맞는 커피를 실컷 마실 수 있는 것도 옵션에 포함. 지금은 책을 적게 산다고 생각하느냐, 남편이 째려본다. 감옥이 별건가. 가두어졌다고 느끼면 감옥이다. 그렇게 놓고 생각하면 우리는 각자 다른 감옥에- 무기징역으로 투옥되어 있을지도.

흠흠, 글을 쓰다 말고 'All I ask' 절규하는 부분에서 멍 때렸다. 아델이 이 목소리를 잃으면 나의 즐거움 중에 하나를 잃는 거다. 언니, 계속 이 목소리로 아아, 절규해 줘요. 흠, 내가 어디까지 썼더라? 잠깐만요.

글을 쓰는데 '노래에 너무 집중하게 만드는' 음악을 들으면 쓰던 글을 멈추게 된다. 생산성에 다소 지장이 생긴다. 아, 그렇지. 여우, 여우.

그렇지만 이제는 너무 늦었다. 여우로 돌아가지 못한다.

감옥만 생각이 난다. 그럼 감옥 얘기를 해 보자. 수다쟁이에게 주제 따위 알 게 뭐냐.

《황홀한 글 감옥》 조정래 선생님 생각이 난다.

황홀한 글 감옥! 표현 진짜 끝내준다. 그러면 곤란한 나라에서 자꾸 뜨거운 것을 길어 올리시는 황홀한 분. 선생님이야말로 무기징역입니다. 육식 동물이 난무하는 우리나라에 이런 글을 쓰는 분이 있다는 것 자체가 희망이다. 죄송하지만 읽는 족족 잊어요, 제가. 뇌에 느낌만 남거든요. 읽은 내용도 다 잊어버렸어요.

신영복 선생님 책은 다 샀는데 조정래 선생님 책은 도서관에서 빌렸어요. 용서하세요. 그렇지만 선생님은 최고예요. 종신토록 글 감옥에 남아 주세요.

읽고 싶어서 글을 쓴다는 것이 말이 되는 건지 모르겠다.

요즘 나는 왜 쓰는가를 고민해 보았다.

흠, 읽고 싶어서 쓰고 있다. 이게 뭔 헛소리냐 싶겠지만요. 말이 된다. 숫자를 붙여서 정리해 보자.

1. 내가 책을 써서 2. 팔아서 3. 남이 쓴 책을 사 보고 싶어서 4. 글을 쓰고 있다.

진짜다. 농담 아니다. 벌어야 사서 보지.

제대로 열 받아야 성장한다

사람은 자기가 가지지 못한 것에 대한 욕망이 있다.

나보다 가방끈 긴 사람에 대해 부러움이 있었다.

강의를 하러 갔을 때 그걸 직접적으로 경험한 적이 있다. 공무원들이 모여서 교육을 받는 곳인데 '커뮤니케이션과 마음 산책'을 주제로 한 2시간 강연이었다. 강의 분위기는 좋았고, 쉬는 시간이나 강의 후에 사람들이 상기된 얼굴로 웃으며 찾아왔다. 따뜻한 시간이었다. 거기까진 좋았는데.

공무원 강의를 가 보신 분은 알겠지만, 높으신(!) 분들의 위세는 알아줘야 한다. 에헴, 나는 누구입네 하시는 분들. 그분들은 보통 그 자리에 출석 체크(?)만 하고 나갔다가 본인 놀 거 놀고(내가 볼 때는) 나중에 와서 사인하시는 게 임무인 분들. 강의를 마치고 놀다 오신 그 양반이 이쑤시개를 물고 와서는 나한테 종이 같은 걸 툭 던져준다.

"딱 봐도 너무 어린 강사가 왔네. 나이가 좀 있어야지. 이거 써서 여기 놓고 가요."

아 진짜. 그 나이 먹도록 그 정도 매너밖에 없으시다면 저는 그 나이를 안 먹고 싶군요.

나는 강의를 29살에 시작했다. 그게 아마 35살쯤 겪은 일. 운수업 하시는 사장님들이 시커멓게(!) 모인 강의 날은 '애기 강사님' 소리를 듣기도 했다. 내가 그때는 어린 것도 맞았고 귀엽게 봐 주시는 분들에게는 웃을 수가 있었지만, 강의 시간에 참석도 안 한 사람의 그 무례한 행동과 발언은 정말이지 참을 수가 없었다…만 참았다. 하하하하하하. 일은 했으니 돈은 받아야지. 그 사람이 보고 사인을 해야 '입금'된다. 생계는 참을성을 키워 준다. 없던 참을성도 생긴다.

 그 종이에는 어떤 대학에 대학원을 나오고, 저서가 무엇인지 쓰는 칸이 있었다. 나는 그 면만 대문짝만하게 눈에 들어왔다. 그리고 잊지 못한다. 그 건방진 아저씨가 '그거 봐라.' 할 것 같은 수치심. 딱 거기만 볼 것 같은 거. 지방의 겸손한(?) 학교를 나왔고 저서도 없었다. 전공도 강의랑 전혀 상관이 없다. 전에 김미경 강사님이 음대 나와서 강의한다고 다른 사람들이 비웃었다던데, 저는 중국어랍니다. 허허허. 참고로 이력서는 아닌지라 거기는 경력이나 자격증 쓰는 자리 같은 거 없다. 원래 사람은 자기가 잘하는 쪽보다 부족한 구멍에 신경 쓰는 '기능'이 따로 있는 것만 같다.
 회사 다니면서 사내 강사도 짬짬이 했다. 해 보니까 잘하네? 내가 가르친다고 하면 신입사원들도 좋아했다. 프레젠테이션 1등도 했다. 물론 나는 안 되는 체력에 2~3시간 자면서 준비를 하긴 했지만. 이게 내 길인가 싶었다. 회사 생활을 하면서 남들 술 먹고 놀 때, 힘들게 공부하고 노력했다.
 그렇게 시작한 강의는 다니던 회사 이외의 출강으로 이어져 회사를 그만둬도 강의를 할 수 있는 사람이 되었다. 짜증나면 해 버리자는 게 내 삶의 모토지만, 학교를 더 다닐 돈도, 시간도 없었다.

항상 고민했지만 결국 그쪽은 포기했다. 어차피 인터넷이 이렇게 발달하면(나는 10년 전에 유튜브 관련 일을 했다) 어느 순간은 학벌이 중요하지 않은 세상이 올 것으로 생각했기 때문에. 뭐 대단한 미래를 내다본 것은 아니다. 누구나 그런 생각 다 했을 거라고 생각하는 것은 나의 착각인가. 아니면 합리화인가. 밖에서 심어 준 열등감에서 나는 항상 자유롭지는 못했다. 내 자존감이 자랄수록 열등감은 줄어들어 이제는 보이지 않는다. 어디 숨어 있는지, 아니면 소멸했는지.

어쨌거나. 그런 사람들 때문에 나자빠지고 싶지 않다. 어차피 그 사람들은 나랑 같이 인생을 나눌 동반자가 아니다. 반면 선생이지. 선생도 아니다. 생선이다. 생선은 신선도가 떨어지면 냄새가 지독하다.

그걸 내다 버리고 내가 원하는 향으로 나를 채운다.

고맙게도 그런 생선(!)들이 나를 파닥파닥 움직이게 만든 원동력이었다. 지금 해야 하나 말아야 할 때는 그 생선들을 끌어올린다. '너 잊었어?' 하면서. 제대로 열 받으면 정말, 제대로 성장한다. '열 받았어.'는 '열정적으로, 제대로 할 준비가 되었다.'는 뜻일지도. 상대방에게 화내려고 열 받는 건 하수.

난 헛소리 그만하고 일단 마녀 체력부터 키워야겠다.

마흔 녀자가 되기 위한 체력.

지방시보다 지방색이 더 아름다워

사실 지방시 하면 생각나는 게 오드리 헵번이다.

지방시는 오드리의 친구잖아. 지방시의 작품세계에 대해 아는 바가 없다. 지방시의 작품과 오드리는 찰떡궁합. 그냥 지방색 하니까 지방시밖에 생각이 안 난다. 전혀 상관없다. 이런 걸 보고 '무지하다.'라고 한다.

오드리 헵번을 사랑한다. 그녀의 전시회가 있을 때 스케줄을 비우고 비행기를 타고 제주에서 서울로 갔다. 돌고 돈 자리를 또 돌면서 밖으로 나오지 않았다. 주최측이 기뻐할 만한 관객이다. 그녀의 외모, 스타일, 그녀의 타인에 대한 태도. 이 모든 것이 나를 끌어당긴다.

"사투리를 하나도 안 쓰시네요?"

제주도에서 왔다고 하면 하나같이 그렇게 얘기한다. 강의를 하다 보니까 발음과 전달에 더 신경을 쓰고 연습도 많이 했다. 오해하지 마세요. 제주도 사투리 기가 막히게 잘하는 사람이랍니다. 명확하게 2중 3중 사투리를 구사할 수 있다. 서울말도 사투리라고 우긴다. 서울 특유의 억양이 있거든요.

"아이고, 서울에서 금방 비행기 타고 온 애기 강사님이 뭘 알겠냐마는."

"뭐랜골암수과? 나 제주도 사람마씀."

(무슨 말씀이세요? 저 제주도 사람이에요.)

도내 강의를 하러 가서 이런 경우가 종종 있었다. 어느 지역이나 지역색도 있고, 편견도 있다. 아무 일도 아닌데 신경을 세우고 '외부에서 온 인간'을 경계하기도 한다. 그러나 저 날이 선 표정과 찰진 사투리는 조상 때부터 대대로 '외부(육지)에서 오는 적을 막아낸 지혜'이겠거니, 하고 웃고 넘어간다. 보통 내가 더 업그레이드된 '제줏말싸미듕귁에 달아' 버전으로 가면 상대방은 아버지와 그 조상의 고향(제주도 내에서의 나고 자란 곳)을 묻고 바로 해제된다.

작년에 캐나다 시찰(이민을 위한 '캐나다 얼굴 보기'쯤) 왔을 때 빅토리아 언니가 나에게 그런 말을 했다. 언니는 남편의 사촌 누나다. 이 언니는 진짜 말하는 거랑 생각이 끝내주게 멋져요.

"나는 사투리도 좀 썼으면 좋겠어. 지방마다 지방색이 있는 게 근사하지 않아요? 사투리가 없어지면 지역색도 없어지잖아."

사투리를 고치려고 노력하는 사람은 있어도, 사투리를 잊어버릴까 봐 기억하는 사람은 없다. 순간, 나는 아이에게 제주도 사투리를 가르쳐서 캐나다에 와야겠다고 생각했다. 지금은 성공도 실패도 아니다. 아이는 사투리를 말하지는 못해도 더러 알아듣는 수준.

제주도 사투리는 일본어와는 좀 다른 색깔의 일본어(이게 무슨 말인고)에 한국말을 섞은 느낌을 주는 희한한 언어다. 제주도 돌과 흙은 정말 투박하다. 바람은 거칠다. 물맛은 끝내준다. 사람도 말도 거칠지만, 깊숙하게 들어가면 제대로 된 물맛이 나온다.

사람들은 맑은 날의 제주와 사진 찍고 돌아가길 원하지만, 진짜 제주는 해가 제대로 나는 날이 100일 남짓. 흐리고 추운, 그렇지만 어딘가에 유토피아를 안고 있는 듯한. 바닷바람에 거칠어진 제주도의 얼굴이 진짜다. 뭐, 그런 날의 관광을 추천하는 건 아니고요. 저라고 그런 날씨 좋아하는 건 아닙니다만. 우리는 늘 본질은 피하고 껍데기 어느 부분만 좋아하려고 기를 쓰는 건 아닐까요? 그게 맞는 걸까요?

각자의 고유성을 인정하면서 함께 어우러지는 것, 거기서 오는 아름다움. 혹은 평화. 그런 게 가능한 걸까. 사실, 가능한지를 묻는 건 의미 없다. 우리는 '어떻게'에 대해서 고민해야 한다.

책을 쓴다고 했다

'늘 숨어서 쓰던 내가 지겨워'서, 나는 책을 쓰기로 마음을 먹었다. 응? 어떻게?

1. 일단 내가 쓰고 싶은 것들을 쓴다.
2. 마구 쓴다. 그리고 교정을 수시로 본다.
3. 쓰기만 하면 스트레스 받으니까 남의 글을 열심히 읽는다.
4. 또 내 글을 쓴다. 어느 정도 모이면 책을 내는 방법과 과정을 공부한다.
5. 책을 낸다.

이게 뭐 어려워? 하지 뭐.

이러면 앞으로는 버리는 글이 아니라 팔 수 있는 글을 쓰고 살 수 있다. 물론 '타인에게 팔리는 글'을 쓴다는 전제하에 그게 가능하겠지만. 지금은 팔리는 거 걱정할 때가 아니다. 쓰고 버리는 소심하고 주눅 든 나를 고쳐 주고 싶다. 쓰는 게 죄짓는 것 같은 이 병에서 탈출하고자 한다. 제가 원래 소심한 사람이 아닌데요. 강의도 하고 상담도 하고. 사람 만나서 하는 일을 합니다. 일 잘한다 소리 듣거든요. 아마도요. 심지어 인사도 잘하는 훌륭한 태도를 지녔답니다. 인사가 만사라는데. 만사를 잘하는 사람인데 말이다.

그런 내가 글에 대해서만은 왜 이렇게 소극적인 태도를 취하는 것일까. 아,

쓰는 게 뭐라고

제가 '글을 쓰는 것'에 대해 부정적인 것으로 세뇌되며 컸군요. 뭔가 눈치 보는 일로 느끼며. 이렇게 혼자 쓰고 읽는 글은 그 이상 늘기 힘들다.

책을 낸다고 다짐만 하고 안 할까 봐, 일단 큰소리를 치고 보기로 했다. 책을 썼다고, 출판하련다- 남편에게 편지를 썼다. 심드렁하게 '어, 그래.' 할 줄 알았다. 답장이 왔다.

"정말 천재적인 아이디어다."

이 남자, 보통은 심드렁한 사람이다.

강의 초창기 때다. 신경 쓰이니까 강의장에 들어오지 말라고 했는데, 사람 틈에 묻혀서 몰래 들으셨단다. 원래 데리고 사는, 혹은 내가 데리고 살 팔자의 남자들이란 말 안 듣는 게 정석이다.

남편에게 물었다. 그래, 들어보니 어떻습디까?

"자기는, 타고났어."

어머, 그뤠에? 나 그럼 이거 쭉 하까아?

한 방을 아는 남자다. 아무래도 그래서 데리고 사는 모양이다. 어차피 내가 책을 쓴다고 다 읽을 사람도 아니다. 이렇게 나는 집에서나마 '얼추' 대놓고 쓸 수는 있는 상태를 확보했다. 칭기즈칸 부럽지 않다.

이게 뭐라고 뿌듯하고 난리야. 뿌듯한데 뭔가 불쌍하다.

이게 나한테 최선이야

누가 물었다.

왜 그렇게, 써?

대답했다.

'안 쓰는 것'보다 '쓰는 것'이, '나아'서.

나의 글 조각들을 주섬주섬 긁어 모아서 쪼개고 붙이고 하다 보면 더 나은 내가 된 것만 같다. 어제 쓰고 오늘 읽어 보면 부끄러운 글이 점점 더, 덜 부끄럽게 되기를 바랄 뿐이다.

"처음부터 너무 신경 안 쓰고 대충 쓰니까 계속 고칠 게 보이는 거 아니야?"

한번 딱 쓰고, 한번 교정 딱 보면 되는데 왜 그렇게 맨날 들여다보냐고. 처음부터 확-실하게 잘 쓰면 될 거 야냐, 지나가면서 자꾸 그런다. 누구긴 누구야. 남편이지.

원래 문과는 '1+1=2'로 끝나는 이과랑 같이 사는 게 일반적이다. 서로 답답하다. 호호호. 산수야, 글이란 그렇게 단순한 게 아니란다.

평생 먹어 온 야식을 끊는 것에 대한 주절주절

나는 아침에도 삼겹살을 먹을 수 있는 사람이지만, 저녁에 먹으면 당연히 더 맛있다. 기름진 것과 매운 것, 알코올은 자정을 넘겨야 진정한 맛을 느낄 수 있다. 나는 늦은 밤 혼자 깨어 있는 시간을 사랑한다. 그런데 문제가 있다. 나는 내장 기관이 건강한 편이 아니다. 한국에서 캐나다 오기 전에는 암이 될 수 있는 선종을 하나 제거하고 온 상태이다. 새해에는 중학생 때부터 평생 먹어온 야식을 끊기로 했다. 그 결심 앞에는 더 중요한 질문이 있었다. 커피를 끊을래, 야식을 끊을래? 뭐 하나는 끊어야 앞으로 살아 있을 것 같으니까. 커피 안 먹으면 일주일 만에 죽을 수도 있으니까 그건 못 건드려. 그럼 야식 콜.

그러나, 어떻게?!

한국은 동방예의지국이고, 고요한 아침의 나라인데 밤 문화가 그렇게 설친다. 나도 그 안에 있다가 나온 지 얼마 안 되었다. 밤에 늘 깨어 있었다는 의미다. 암튼, 어두운 시간에 많이들 깨어 거리를 활보한다. 여러 목적으로. 밤에 깨어 뭔가 하고 있으면 배고프다. 그래서 야식이 발달한 것이다. 나가서 먹고, 배달시켜서 먹고. 치맥(치킨과 맥주) 원조는 한국. 여기 사는 중국 친구들도 치맥은 다 안다. 한국 드라마 '별그대'에서 나왔다나? 전지현은 예뻤다.

그렇게 밤에 처먹던 내가 캐나다를 오니 캄캄하다. 여기는 배달이 없다. 있기야 있지만, 굉장히 비싸고(여기는 인건비가 비싸기 때문에 사람 손을 거치면 무조건 '따블') 한국에서 먹던 치킨과 피자의 맛은 여기서 찾을 수 없다. 여기 사는 한국 사람들은 거의 한식 명인들이다. 집에서 떡도 만든다. 외국 살면 한식 사랑 애국(?)으로는 국내 사람들 싸다구 날린다. 나는 아직 이민 새내기라 옆집에서 담근 김치 얻어먹는 수준이지만. 맛있게 잘 먹고 있어요. 고마워요.

나는 바로 나오는 음식들을 사 먹기 편리한 위치의 집에 살다가 그러지 못한 곳으로 이사를 왔다. 야식 '구해 먹기'가 쉽지 않다. 게다가 캐나다는 정말 '새벽에 시작하는' 나라다. 다들 아침 일찍 일어나, 운동도 하고, 눈도 치우고, 일도 가고, 학교도 간다. 매일 아침 남편은 새벽 6시 45분에 학교로 출발. 직장에 가면 한 시간 더 일찍 나가야 한다네? 나는 5시에 일어나 도시락을 싸고 글도 쓰고 공부도 한다. 그러다 남편을 보내놓고 아이 도시락을 싼다. 아이를 깨워 아침 먹이고 학교 보내고 온다.

여기는 애들을 부모가 학교로 직접 보내고 애가 교실에 들어가는 것을 봐야지만 돌아갈 수 있다. 물론 하굣길도 마찬가지. 직접 픽업한다. 애 혼자 오고 가는 게 발각되면 신고 들어간다. 한국과 다른 시스템들이 꽤 많은데, 많은 한국 사람들이 본인 삶의 루틴과 안 맞으면 가슴을 주먹으로 치다가 한국으로 돌아간다. 여기 살면서도 '교육 아니면 여기 안 산다, 하나도 마음에 드는 게 없다.'고 불평하는 사람 의외로 많다.

새벽을 깨우려면? 당연히 일찍 자야 한다. 나는 평생 야행성으로 살았는데, 문제는 늦게 자고 일찍 일어났다는 것이다. 왜? 할 일이 많으니까. 운동은 안 하고. 그러다 보니 당연히 몸이 나빠진다. 정말 큰마음을 먹었다. 캐나다 스타일로 맞춰 보자. 저녁에 일찍 자서 야식을 끊고, 새벽에 일어나서 밤늦게 하던 일들을 해 보자. 머리가 맑아진다는데 그건 나도 모르겠고 일단 해 보자. 내가 평생 그렇게 살아 보지는 않았으니까 진짜 모르겠는데, 남의 나라 와서 잘 '살아내야' 하겠으니 나를 한번 '개조'해 보자. 마음에 안 들면 다시 바꾸면 되는 거고. 그리고 자기계발서나 훌륭하신 분들 인터뷰 보면 다들 그렇게 생활 한다니까. 어디 그 근처라도 가 볼까요.

아침형 인간 어쩌고 하는 책을 수없이 많이 봐도 고쳐지지 않던 나는, 필요와 생존 차원에서 그 생각을 바로 실행했다. 새벽에 일어나는 건 어떻게 하겠더라. 알람 울리면 일어나는 건 이미 습관이 잘 들어 있어서. 새벽 5시, 6시, 때로는 3시. 일어날 수 있었다. 요즘 글 쓰는데 몸이(?) 미쳐 가지고, 일어나면 커피 마시고 글을 써야지 하는 생각 때문에 알람 울리기 전에 눈이 번쩍번쩍 떠진다. 큰 문제다.

그런데 '밤늦게 자던' 이 평생의 습관이 정말 물귀신처럼 나를 물고 늘어진다. 완전 복병. 애가 자면 아이 좋아, 나는 책을 읽을 거야. 내 생각보다 몸이 먼저 가서 책을 들고 앉았다. 습관은 정말 무섭다. 이걸 고치려면? 애가 잠들 때 책 읽어 주면서 나도 같이 잠들어야 한다. 밤에 애랑 같이 누우면 절대 못 일어나야 한다. 스트레칭과 운동 비스무리한 것들을 해서 몸을 피곤하게 만

든다. 나는 늦어도 10시까지는 자서 5시에 일어난다고 뇌에게 주문도 건다. 전날 미리 내일 할 일을 써 놓고. 별짓을 다 했다.

노력한 보람이 있어, 애 잘 때 나도 잠들게 '되기' 시작한다. 오늘 날짜를 쓰고 그 옆에 꼭 일어난 시간을 쓴다. 할 일을 쓰기도 하고 감사 일기를 쓰기도 한다. 마술 노트도 쓴다. 몸이 깬다. 와우, 언빌리버블! 좋은 습관은 좋은 습관을 물고 들어온다. 새벽에 일어나니 밤에 일찍 자게 되고, 야식을 끊었다. 만세! 이제 할 일은- 지속하는 거. 제일 어려운 게 남았다. 늘 소화가 안 되는 것 같은 더부룩한 느낌은 점점 이별을 고하고 있다. 참고로, 나는 두 달 안 걸렸다. 이 습관이 나랑 완전히 하나 되는 때가 되면 '운동 습관'을 들이려고 한다. 지금은 국민 체조로 만족한다.

평생을 '새벽에 잠드는 형' 인간으로 살았고, 호구형 인간으로 살았다. 마흔 전에 '새벽에 일어나는 형' 인간으로 거듭날 것 같다. 호구형 인간도 졸업할 수 있을까요?

쓰는 게 뭐라고

인생에 기회가 세 번 온대

흠, 글쎄.

내 생각에는 그보다 더 자주 오는 것 같아. 만나는 사람이 기회를 주거든. 인맥 '관리' 열심히 하라는 소리 아닌 거 알지? 지금 네 곁에 있는 사람들을 소중하게 생각하라고. 너를 사랑해 주는 고마운, 몇 안 되는 사람들. 그렇다고 오는 사람 막지는 말고.

너는 오늘 몇 사람을 만났어? 자의든 타의든.

그 사람이 너에게 기회일지도 몰라.

참고로, 사람이 너에게 돈 벌 기회를 줄 수는 있지만 친구로 돈을 벌 수 없다는 건 꼭 기억해야 해.

말해 놓고 보니까 아귀가 맞는 말인지는 모르겠습니다.

경험상 그렇다고요. 정리가 안 되어 미안합니다.

〈좋은 친구와 평생 가는 법〉

먼저 내가 좋은 사람이 된다.

좋은 사람을 알아본다.

좋은 사람에게 물어본다. "나랑 친구할래요?"

친구가 되어 준 그에게 감사하며 관계를 유지한다.

서로 아끼고 배려하며 평생 유지한다. 끝.

돌고 돌아, 심플. 호호호.

말은 쉬운데 적용이 어려운 것이 사람 관계.

사소한 것. 작은 것. 맛있는 것을 먹고 수다를 떨며 진심으로 웃을 수 있는 것. 서로를 위해 더 나은 사람이 되는 것. 좋은 마음으로 주고받는 것. 일상의 '그것들'을, 함께할 수 있는 사람들이 있음을 '행복'이라고 하지 않을까. 우리는 행복하기 위해 기회를 기다리는 거 아닌가.

소소하게 행복한 중에, 준비하면서 기회도 기다리자. 어때? 말인지 방구인지 잘 모르겠다.

하나 더, 행동과 선택이 기회를 준다는 거 아시는지.

실력이 없어서 글을 못 쓴대. 할 말이 없어서 글을 못 쓴대. 그런데 책은 쓰고 싶대. 어허, 인생에 공짜가 어디 있나요.

그래서 하는 말인데, 하루에 30분만 앉아서 쓰는 습관을 들이면 너에게도 책 쓸 기회가 올지 몰라. 그 30분이 3시간이 되고 30시간이 되는 그 어느 날이 와.

일단 오늘, 3분으로 시작해 보자. 3분 쓰려고 앉았는데 30분 된다? 이 정도도 마음먹고 앉을 수 없다면?

이번 판은 나가리.

하고 싶은 일을 위해서 생활 습관을 '리모델링'했다

원래 올빼미형 인간이었던 나는 최근 새벽형 인간으로 거듭나고 있다. 아직 '거듭났다.'라고 하기에는 양심이 허락하지 않지. 그러나 1년 정도 지나면 뻔뻔하게 원래 그렇게 살았던 것처럼 큰소리치려 한다. 한국이랑 일본은 목소리 큰 사람이 이긴다니까. 물론 나는 늦게 자고 늦게 일어나는 삶도 좋다. 본인이 원하는 대로 살면 된다. 애가 크면 나도 다시 생활 루틴이 바뀔지 모른다. 지금 내가 선택한 생활은 차선책이다. 살다 보면 하고 싶은 일을 위해서 내가 하기 싫어도 해야 하는 일이 더 많다.

큰소리치려면(?) 건덕지가 있어야 한다. 새벽에 일어나서 한 것(결과물)이 있어야 한다. 아, 그래서 이걸 쓰고 있다는 것을 방금 깨달았다. 허허. 사람은 이래서 글을 써야 한다. 쓰다 보면 잊어버린 것도 생각나고 평생 안 할 말도 하게 된다. 물론 나는 실컷 잘난 척하며 쓰고, 그러고 나서 깨끗하게 잊어버린다.

시애틀에서 이모할머니가 '이번에 카드에 보내 준 글들이 한마디 한마디 가슴에 와닿았다.'며 문자가 왔다. 소름이 돋았다. '사랑하는 이모할머니'와 '새해 복 많이 받으세요.' 말고는 기억나는 게 하나도 없었다. 나는 그런 인간이다. 국수 먹으러 갔다가 옆 테이블에서 인사를 하길래 누구시냐고 했더니 나를 '강사님'이라고 부른다. 강의 듣고 감동 받았다는데 그 사람이 어디서 강의를 들었다고까지 얘길 해도 나는 내가 거길 가서 뭐라고 떠들었는지 기억하지 못한다.

말은 무서운 것이다. 씨를 뿌려 놓고 어느 땅에 가서 뭘 뿌렸는지 모르는 것이다. 그러니까 최선을 다해 좋은 것만 뿌려야 한다. 그게 되냐고. 골라서 골라서 뿌리다가 어머 휙- 두다다다 뿌리는 게 강의다. 강사들은 그 느낌을 안다.

사실 컴퓨터로 글을 쓴 지도 얼마 되지 않았다. 종이에 볼펜이나 연필로 꾹꾹 눌러 썼는데 워낙 글씨가 악필이니 나중에 내가 알아보지 못하거나 스스로 부끄러움을 느끼며 다시 읽기를 거부한다. 다시 읽는다고 해도 쓰레기통으로 갈 것이다. 습관은 무섭다. 그래서 이런 나를 돕기(?) 위해 컴퓨터와 노트를 병행하기로 했다.

아이를 낳고 전신에 있는 관절이란 관절이 다 아파서 고생했는데 손가락이 유난히 아팠다. 할머니같이 손을 주무르고 있는 시간이 많아졌다. 그러다가 컴퓨터로 글을 쓰기 시작했다. 글씨가 눈에 잘 들어와서 좋다. 그러나 나는 컴맹이다. 아이고. 연신 이 폰트 저 폰트 골라 써 보고 폰트 이름을 잊어버린다. 그리고 폰트를 골라서 쓰다가 '맑은 고딕'으로 돌아가 있는 것을 보고 경악한다. 저런 걸 회귀 본능이라고 하나. 폰트 고정하는 방법도 모른다. 쓰다가 바꾸고 바꾸고 한다. 그러면서 '아유 한심해.' 하며 또 쓴다.

쓰는 게 뭐라고

제주 흙으로 만든 찻잔을 만지면 표면이 거칠거칠하고 완전 '희한한 흙'이군, 하는데 그 느낌을 나 스스로에게서 받는다. 이래서 고향이 중요해요. 나의 살던 고향은 꽃피는 제주도. 흙에서 거친 돌 느낌이 나는 제주도. 청자나 백자와는 거리가 멀다. 내가 나를 볼 때, 나는 '찻잔'도 아니다. '제주에서 퍼온 흙입니다.' 하는, 날것 그대로의 '병맛' 느낌. 옆집에다가 맛있는 찜닭을 해서 갖다줘야 하는데- 하고는 그냥 아이 난 몰라 하면서 생닭을 싸 가서 받는 사람을 당황하게 하는 느낌이랄까?

글 쓰기는 참 좋다. 쓰다 보면 캐나다에 있으면서 '제주도 흙'까지 갈 수 있다. 생닭은 덤이다. 나는 이렇게 생닭으로 재탄생한다.

한글은 정말 아름답다

제목이 다 했다. 끝.

…이라고 하기에는 하고 싶은 말이 많다.

정말 근사하다, 환상적이다.

한글은 소리 나는 대로 받아 적을 수 있는 최고의 언어이다. 내 생각에는 음악의 느낌마저 받아 적을 수 있는 글(이란 애초에 없지만)은 한글밖에 없을 것 같다.

원래도 나는 한글 예찬론자. 내 나라 글이라서, '국뽕심'으로 사랑하는 게 아니라 정말 아름답다고 느낀다. 우리 나라 글이라서 정말 다행이에요.

캐나다라는 나라 자체가 다양한 나라의 다양한 사람들이 와서 사는 곳이다. 무엇을 대표적이라고 할 수 없어서일까. 참 소박한 이 나라는 국기에 나뭇잎을 얹어 놓았다. 내가 사는 동네에 박물관이 있어서 가 봤는데 역사가 190년이란다. 시작해서 지금까지가. 반만년 역사 위에 찬란하다 우리 조국을 살다 온 나는 너무 시시해서 허허 웃다가 커피나 마시고 산책하며 돌아왔다. 190년에 '역사'라는 단어를 붙일 수 있니? 그런데 비웃지 못했던 건, 그 코딱지만 기간을 '고스란히' 지켜내고자 한 지역민들의 의지였다. 후손에게 그 시간과 노력, 일구어내는 과정을 남겨 주고자 한 그 할머니 할아버지들의, 그 어머니 아버지들의 숨결. 변덕스러운 나는 산책길에 다시 숙연해졌다. 그래요, 역사라고 칩시다. 의지가 대단하시네요.

작금의 한국은 있던 것도 없던 것도 다 부수고 돈으로 바꾸려 들고 있다. 사랑하는 제주도, 나의 고향은 아름다운 해안가들이 전부 맛집, 카페로 바뀌고 있다. 예전 해안선이 기억나질 않는다. 뜯어고치는 걸 막고, 지킬 것은 지키겠다는 대통령이 나오면 나는 덮어놓고 뽑을지도 모른다. 이미 그 파괴되는 속도에 이성을 잃었다. 물론 돈 버는 데 가속도가 붙은 사람들은 파괴하는 데 이성을 잃었겠지.

나도 한글 파괴를 많이 하지만, 요즘 한글도 너무 갈 데까지 가고 있다. 인터넷 용어도 좋지만, 지킬 건 지켰으면 좋겠다. 때때로 사람들이 쓴 댓글을 보고 그 기발함에 물개박수를 치기도 하지만, 대부분은 그들의 '한글 사용법'에 실망을 금치 못한다. 한글은 아름다운 표현도 무수히 할 수 있지만 쌍욕을 마음먹고 하려고 들면 수만가지 욕도 만들 수 있다는 걸 처음 알았다.

나 보기가 역겨워 가실 때에는 죽어도 아니 눈물 흘리오리다.
"반어법이죠? 이건."
이런 말로 가르치는 것도 안 했으면 좋겠다.
하아, 이 구절이 '반.어.법'이 되면 아름답다고 느껴지질 않는다고요.

그런데 나 보기가 역겨워 가실 때에 '영변에 약산 진달래꽃'을 한 아름 뿌리는 남자는 좀 무서울 것 같다. '어여~ 즈려 밟고 가아~' 하면서 오면 완전 스토커. 반어법보다 더 깬다. 아름다운 문학 작품은 너무 현실에 갖다 붙여도 안 되는구나. 순수하지 못한 내 생각 자체가 문제가 있는 것 같기도.

쓰는 게 뭐라고

엄마 책

아이에게 해 주고 싶은 아름다운 말들이 너무나 많은데 책에 쓰인 단어들이 마음에 들지 않을 때가 많다.

처음부터 있지 않았으면 좋을 싸움을 붙여 화해하게 만들까? 초등학생 친구가 잘하는 걸 보고 질투하고 언성을 높이는 게 일반적이어야 하나? 아빠가 왜 술을 먹고 밤늦게 올까? 엄마는 원래 이렇게 잔소리만 하는 사람인가? 나는 잔소리를 하는 것도, 듣는 것도 싫다. 아이들이 보는 책과 영상들인데 왜 이렇게 결이 거칠게 느껴질까? 어른들이, 어른들 세상을 아이들의 그림으로 옮긴 느낌을 받는다.

밤마다 아이가 고른 책을 읽어 주고 난 다음에 불을 끄면, '엄마 책'을 읽어 준다. 이제는 불을 끄고 자자고 하면 딸이 "엄마 책 읽어 줘야지." 한다.

내용 구성 면에는 엉망이지만 아이와 대화하며 만드는 이야기. 아이 반응은 백만 점. 아이와 함께 만들어 가는 엄마 책. 당연히 똑같은 내용은 나올 수 없지. 아이가 어제 읽은(?) 책 제목을 얘기해도 엄마는 똑같이 읽어 줄 수 없는 마술 책이다. 호호호.

"오늘은 파트 4 하기로 했어. 《엄마가 잠자기 전에 읽어 주는 하하하 책》 읽을 거야."

어제 읽은(!) 내용이라. 하하하 책의 기획 의도는 무엇이었을까요. 도무지, 심각하게 기억이 나지 않는다. 일단 웃으면서 시간을 번다. 하하하.

오늘은 지구에서 출발해서 명왕성에서 끝날 하하하 책.

아이가 잠들 때까지 끝날 수 없는 하하하 책을 읽고(지어내고) 있다. 엄마는 하하음냐하음냐 하며 졸고 있다. 애가 자꾸 엄마 보고 눈 뜨래. 어머 제가 눈을 감고 있었나요.

꾸벅, 하는 순간에 '아기 돼지 삼형제'는 또 '돼지고기 삼형제'가 되겠지.

쓰는 게 뭐라고

마무리하는 글

생각지 못하게 캐나다에 이민을 왔다. 나는 이민 전에도 항상 습관처럼 글을 써 왔지만, 이국 생활의 외로움과 어려움은 나를 더욱 격렬하게 쓰도록 해 주었다. 그 과정을 담은, 다큐도 뭣도 아닌 글 모음이다.

글을 쓰고 책을 만드는 일이란-

끝까지, 최선을 다해서 쓰고 고치고 지우고 다시 쓰는 일이란 걸 깨달았다. 끝까지 정성을 쏟아 결국 해내야 하는 것. 나의 부족함에 몸부림치면서도 마지막 점을 찍고, 넘겨주기까지 고민하고 또 고민하는 일. 그것이 나의 존엄을 지키는 최선의 방법이며, 읽는 분들에 대한 최고의 예의임을.

홀로 세운 목표와는 사뭇 다른 느낌의 단어, 마감. 오래도록 혼자 일하는 것에 익숙했던 내게 다른 분들과의 작업은 새로운 색깔의 책임감을 안겨 주었다.

이렇게 또 배웁니다.

좋은땅 출판사 편집부 담당자님들, 행복해지는 그림으로 날 자꾸만 웃게 해 주신 설찌님, 그 외에 책을 위해 수고해 주신 모든 분에게 깊은 감사를 전한다. 보이지 않는 곳에서 애쓰는 분들이 있음을 늘 잊지 않으려 합니다. 참으로 고맙습니다.

한국에 두고 온 가족들과 사랑하는 친구들을 늘 생각한다. 영국과 캐나다, 미국에 흩어져 사는 가족들을 항상 마음에 품고 산다. 올해 태어날 둘째 조카의 얼굴을 그려 본다. 우리들, 이렇게 그리운 마음을 가지고 각자의 삶을 성실하게 살아내야 하겠지요. 아울러 새로운 땅에서 만난 귀한 인연들에 감사한다. 그들 한 사람 한 사람 자체가, 나의 고향이다.

날것 그대로의 즐거움 '치매' 멤버들과 그 친구들의 아이들, 말이 필요 없이 환상적인 정숙, 엄마가 된 예쁜 수현, 안부 묻기의 여왕 선영이와 예주, 나에게는 고흐와 동급인 다슬, 캐나다에서 만난 인간 로또- 진이와 천 여사, 육아의 정석 방실이 언니, 스승의 날 잊지 않고 해마다 문자를 주는 효주와 지수. 꿈을 위해 지금은 배고픈 진주, 국화, 주영이 파이팅.

나란 사람, 이름 빠진 사람 있으면 원형 탈모 생길 사람. 앞으로도 자꾸만 쓰며 살려고 하니 오늘 해당 지면에 참석하지 못하셨다면 잠시 기다려 주세요. 두고두고 감사하겠습니다.

아울러 암과의 사투를 벌이고 있는 캐나다에서 만난 친구 지영이와 선우 씨, 그들의 사랑스러운 딸 Erin에게 이 책을 바친다. 내가 포기하지 않고 이 책을 내면, 그 가족이 완쾌한다는- 정말이지 앞뒤가 맞지 않는 주문을 걸며

쓰는 게 뭐라고

새벽을 깨우고 기도하는 마음으로 글을 썼다. 사랑하는 사람들이 아프면, 나도 아프다.

썼다, 애썼다. 앞으로도 그럴 것이다. 너무 엄격하고 재미없는 단어들을 피해 가며 요리조리 쓸 것이다.

쓰는 게 뭐라고. 별거 아니다. 읽는 게 뭐라고, 그리는 게 뭐라고, 음악이 뭐라고, 인형 만드는 게 뭐라고. 겁 없이 휙휙- 해 볼까요, 우리. 서로 응원하고, 행복하게 깔깔 웃고- 덜 망설이고 더 많이 행동했으면. 그러면 참 좋겠다.

부족한 글을 열심히 읽어 주신 분들, 아울러 '뭐 이런 걸 썼냐고-' 째려보며 읽어 주신 모든 분에게 말로 다할 수 없는 감사와 부끄러움을 전합니다. 고맙습니다.

이 글을 쓰며 읽은 책들

※ 인용한 글이 아니라, 제 글을 쓰는 중에 '읽은 책'입니다.

고미숙, 《읽고 쓴다는 것, 그 거룩함과 통쾌함에 대하여》, 북드라망, 2019

김민식, 《매일 아침 써 봤니?》, 위즈덤하우스, 2018

김선미, 《18년 책 육아》, 알에이치 코리아, 2019

김승호, 《생각의 비밀》, 황금사자, 2015

김승호, 《알면서도 알지 못하는 것들》, 스노우폭스북스, 2017

김정운, 《가끔은 격하게 외로워야 한다》, 21세기북스, 2015

김정운, 《바닷가 작업실에서는 전혀 다른 시간이 흐른다》, 21세기북스,
    2019

김정운, 《에디톨로지》, 21세기북스, 2018

김어준, 《건투를 빈다》, 푸른숲, 2018

남궁재, 《캐나다 세금 이야기》, 좋은땅, 2017

라이너 메츠거, 《Van Gogh》, 마로니에북스, 2018

류시화, 《지금 알고 있는 걸 그때도 알았더라면》, 열림원, 1998

류시화, 《나의 상처는 돌 너의 상처는 꽃》, 열림원, 2015

법정스님, 《무소유》, 범우사, 1999

사노 요코, 《열심히 하지 않습니다》, 을유문화사, 2016

사노 요코, 《문제가 있습니다》, 샘터, 2017

사노 요코, 《사는 게 뭐라고》, 마음산책, 2015

생텍쥐베리, 《어린 왕자》, 더스토리, 2018

서메리, 《회사 체질이 아니라서요》, 미래의창, 2019

설찌, 《선물》, 고래뱃속, 2018

신영복, 《담론》, 돌베개, 2015

신영복, 《강의》, 돌베개, 2004

알랭 드 보통, 《불안》, 은행나무, 2011

엄지혜, 《태도의 말들》, 유유출판사, 2019

오프라 윈프리, 《내가 확실히 하는 것들》, 북하우스, 2014

올리버 샨 그랜트, 《올리버쌤의 영어 꿀팁》, 위즈덤하우스, 2018

은유, 《쓰기의 말들》, 유유출판사, 2017

이미도, 《나의 영어는 영화관에서 시작됐다》, 웅진지식하우스, 2008

이근후, 《백 살까지 유쾌하게 나이 드는 법》, 메이븐, 2019

장류진, 《일의 기쁨과 슬픔》, 창비, 2019

전지한, 《누구나 일주일 안에 피아노 죽이게 치는 방법》, 에듀박스, 2008

켈리 최, 《파리에서 도시락을 파는 여자》, 다산3.0, 2017

타블로, 《BLONOTE》, 달, 2016

프란치스카 비어만, 《책 먹는 여우》, 주니어김영사, 2001

피천득, 《인연》, 민음사, 2018

필리파 페리, 《나의 부모님이 이 책을 읽었더라면》, 김영사, 2019

혜박, 《시애틀 심플 라이프》, 박하, 2017

홍민정, 《완벽하지 않아서 행복한 스웨덴 육아》, 미래의창, 2017

사람이 만든 책보다 책이 만든 사람이 더 많다.

– 작자 미상

쓰는 게
우리라고

ⓒ 강모모, 2020

초판 1쇄 발행 2020년 4월 17일

지은이   강모모
펴낸이   이기봉
편집   좋은땅 편집팀
펴낸곳   도서출판 좋은땅
주소   서울 마포구 성지길 25 보광빌딩 2층
전화   02)374-8616~7
팩스   02)374-8614
이메일   gworldbook@naver.com
홈페이지   www.g-world.co.kr

ISBN   979-11-6536-296-6 (03810)

이 도서의 국립중앙도서관 출판예정도서목록(CIP)은 서지정보유통지원시스템 홈페이지(http://seoji.nl.go.kr)와 국가자료공동목록시스템(http://www.nl.go.kr/kolisnet)에서 이용하실 수 있습니다. (CIP제어번호 : CIP2020014272)